불의 날개와
WINGS OF FIRE
희망의 불꽃

〜제15부〜

투이 T. 서덜랜드 지음
투이 T. 서덜랜드는 〈뉴욕타임스〉와 〈USA 투데이〉의 베스트셀러인 〈불의 날개〉 시리즈,
〈동물 원〉 삼 부작, 〈펫 트러블〉 시리즈의 작가이다. 〈전사들〉 시리즈로 우리나라에도
널리 알려진 에린 헌터의 팀원으로 베스트셀러 〈영혼의 동물을 찾아나서다〉 시리즈에
참여하기도 했다. 멋진 남편과 훌륭한 두 아들, 인내심이 매우 강한 개 두 마리와 함께
매사추세츠주에서 산다. 투이의 책에 관한 더 많은 정보는 tuibooks.com에서 만나
볼 수 있다.

강동혁 옮김
서울대학교에서 사회학과 영문학을 전공하고, 동대학원에서 영문학 석사 학위를 받았다.
독자들에게 사랑받고 새로운 생각거리를 제공해 주는 책을 쓰거나 소개하겠다는
목표로 활동 중이다. 우리말로 옮긴 책으로는 〈해리포터(개정판)〉 시리즈, 《어린이 첫
투자 수업》《더 원》《우연 제작자들》 등이 있다.

정은규 그림
상명대학교 만화과를 졸업하고 일러스트와 캘리그라피 작업을 하고 있다. 그림을 그린
책으로는 《구덩이》《슬럼독 밀리어네어 Q & A》《위대한 슈라라봉》《더 스크랩》《달의
뒷면》 등이 있다.

불의 날개와
WINGS OF FIRE
희망의 불꽃

~제15부~

투이 T. 서덜랜드 지음 | **강동혁** 옮김 | **정은규** 그림

김영사

"용에 대해 어떻게 생각해?"라는 질문으로
이 모든 일이 일어나게 해 준 스티브 몰크,
너무나 고마워!

그리고 선샤인,
내 귀염둥이, 언제까지나 사랑해!

판탈라의

체체 벌집

시케이다 벌집

만타스 벌집

옐로재킷
벌집

와스프
벌집

용들

블러드웜
벌집

벌집날개

생김새: 빨간색, 노란색, 주황색이거나 이중 몇 가지 색깔이 섞여 있으며 어떤 색이든 검은 비늘이 일부 섞여 있다. 날개는 네 개이다.

능력: 용마다 다르다. 적을 찌를 수 있는 앞발목의 치명적인 독침, 이빨이나 발톱의 독, 사냥감을 움직이지 못하게 만드는 마비 독, 꼬리 가시에서 뿜어 나오는 끓는 듯한 산성 액체 등이 있다.

여왕: 와스프 여왕

져갈 호수

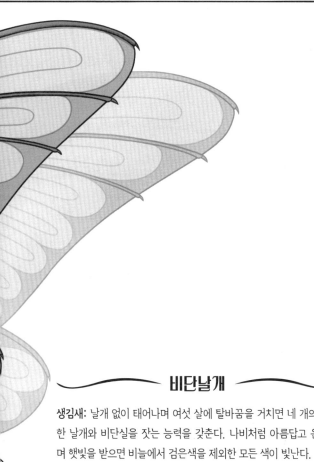

비단날개

생김새: 날개 없이 태어나며 여섯 살에 탈바꿈을 거치면 네 개의 거대한 날개와 비단실을 잣는 능력을 갖춘다. 나비처럼 아름답고 온순하며 햇빛을 받으면 비늘에서 검은색을 제외한 모든 색이 빛난다.

능력: 앞발목 분비샘에서 비단실을 자아 그물 등의 직물을 만들 수 있다. 더듬이로 진동을 감지해 위험을 파악할 수 있다.

여왕: 와스프 여왕(나무 전쟁 이전의 마지막 비단날개 여왕은 모나크 여왕이었다)

잎날개

생김새: 나무 전쟁 당시 벌집날개들에게 완전히 쓸려 나갔으나 살아 있을 당시에는 녹색과 갈색의 비늘, 나뭇잎처럼 생긴 날개를 가지고 있었다.

능력: 빛에서 에너지를 흡수할 수 있으며 정원을 가꾸는 능력이 뛰어나다. 일부는 식물에 대한 비범한 통제 능력을 가지고 있었다는 소문이 있다.

여왕: 마지막 잎날개 여왕은 약 50년 전 나무 전쟁 당시의 세쿼이아 여왕이다.

조각 호수

잃어버린 대륙 예언

너의 눈을, 너의 날개를, 너의 불길을
바다 건너 땅으로 돌려라.
용들이 중독되어 죽어 가는 곳.
누구도 자유로울 수 없는 곳으로.

그들의 알에 비밀이 도사리고 있다.
그들의 책에 비밀이 숨어 있다.
깊은 곳에 묻힌 비밀이
들여다볼 용기 있는 자들을 구원하리라.

마음을, 생각을, 날개를 펼쳐
벌집에서 도망친 용들을 받아들여라.
단합된 발톱으로 크나큰 악과 마주하지 않으면
어떤 부족도 살아남지 못하리니.

프롤로그

커다랗고 불길한 땅의 구멍을 숭배하는 마을, 그곳에 사는 것에는 한 가지 문제가 있었다. 바로 땅에 난 구멍이 매우 **불분명하게** 신비로운 지시를 전달한다는 점이었다.

다행히도 심연의 메시지가 그리 자주 전달되지는 않았다. 그나마 지도자들이 심연의 수호자를 버리기로 한 이후로는 횟수가 더욱 줄었다. 하긴, 아무도 심연의 수호자를 방문하지 않고 더 이상 수호자 의식도 치르지 않는데 수호자가 (또 심연이) 어떻게 무언가를 요구할 수 있겠는가?

구멍이 없는 듯이 행동하고 구멍에 대한 이야기를 금지하고 그림자 속의 속삭임을 못 들은 체하면, 수백 년 동안 마을을 다스려 온 크고 불길한 구멍에 대해 결국 모두가 잊게 될지도 모른다. 그게 지도자들의 계획이었다.

원칙적으로, 레이븐은 지도자들과 같은 의견이었다. 심연은 소름 끼쳤고, 거대한 구멍을 숭배한다는 건 이상한 일이었으며, 10년마다 한 명씩 구멍에게 사람을 넘겨주는 일 역시 정상적인 행동은 아니었다. 아무리 수천 년 된 전통이라지만 '*그래도 전통이잖아!*'라는 말로 그런 짓에 장단을 맞출 이유는 없었다. 수천 년이 지났으니 *더더욱* 그러면 안 되는 일인지도 모른다.

정말로 전통이 그렇게 오랫동안 이어져 왔다면, 수백 명이 심연에 삼켜졌다는 뜻이었다. 애초에 이 일에 동의했던 위대하고 훌륭한 조상은 옛날 옛적에 사라져 버렸다. 어쩌면 그는 얼마나 많은 사람이 희생되어야 하는지 계산도 해 본 적 없을 것이다.

(이런 생각은 지금도 약간은 신성 모독으로 느껴졌다. 조상은 그들 모두를 구했다. 그는 완벽했으며 절대 잘못을 저지를 수 없었다! 하지만 그는 심연과 더 나은 거래를 할 수도 있었다. 레이븐은 그렇게 생각했다.)

그러니까, 맞다. 레이븐은 지도자들과 같은 생각이었다. 이제는 심연에 먹이를 제공하는 걸 멈출 시간이었다. 심연에 새로운 수호자를 세우는 짓을 멈출 시간이 확실했다. 볼이 최후의 수호자가 될 것이다.

하지만 심연과 심연을 숭배하는 관습을 저버리는 것은 그렇다 쳐도, 볼을 저버리는 것은 너무도 힘들고 슬픈 일이었다. 예전에 볼은 정상적인 사람이었다. 볼은 몰의 바보 같은 형이었다. 재미있고 매력적이며 가파른 바위를 정말로 잘 기어올랐다. 4년 전 수호자 의식에서 초록색 촉수가 심연에서 뻗어나와 볼을 끌고 들어간 것은 볼의 잘못이 아니었다. 심연이 누구를 선택할지는 그 누구도 예측할 수 없었다.

*레이븐*이 누군가의 뇌를 훔칠 날만을 노리는 불길한 균열이었다면, 레이븐은 쿼츠를 골랐을 것이다. 쿼츠는 하루 종일 공차기만 했고 대단히 지루했다. 쿼츠라면 수호자가 되어 하루 종일 심연을 지키고 앉아 허공만 바라본다 해도 이전의 모습과 크게 다르지 않았을 것이다.

모두가 쿼츠를 포기하기로 했다면 레이븐은 아무 문제 없이 인생을 살아갔을 것이다(아마 그랬을 것이다. 그 생각만으로도 약간은 뱃속이 울렁거렸지만).

하지만 볼은…… 볼의 마음속에 아직 **볼 자신**인 부분이 작게라도 남아 있다면 레이븐은 그를 혼자 놔두고 싶지 않았다. 다른 사람들처럼 레이븐도 볼을 버렸다고 생각하게 놔두고 싶지 않았다.

지금 볼을 만나러 갈 수 있는 사람은 몰뿐이었다. 몰이 볼에게 음식을 가져다주었다. 지도자들이라고 볼에게 굶어 죽으라는 판결을 내릴 수는 없었다. 하지만 다른 사람은 누구도 볼의 근처에 다가가서는 안 됐다. 처음에는 몇 사람이 볼을 설득해 심연을 떠나 마을로 돌아오게 하려 했지만, 결과는 매우 형편없었다. 지도자들도 누군가가 균열에 던져지는 위험을 무릅쓰려 하지 않았으므로, 레이븐은 볼을 찾아갈 때마다 비밀리에 가야 했다.

즉, 수호자가 무시무시한 지시를 내려도, 레이븐은 그 말을 누구에게도 전할 수 없었다.

"그 용을 찾아. 이리로 데려와. 아니면 네가 아는 모든 이가 죽을 거야."

그러니까, 좋아. 첫 번째 질문은 *어떤* 용이냐는 거였다. *아무* 용이나 되는 건가? 레이븐은 어딘가로 가서 특정한 용을 찾아 그 용이 심연이 원하는 용이라는 추론을 내린 다음······ 뭐, 그 용을 묶어서 심연 저 아래로 던져야 하나? 심연은 레이븐에게 초능력이 있다고 생각하는 걸까?

인간이 어떻게 용을 어디로든 가게 **만들** 수 있단 말인가?

그리고 아무리 생각해 봐도 알 수 없었다. 어떤 용을 말하는 거지?! '그 용'이라는 말이 고약하게도 구체적으로 들렸다. 심연의 지시는 '누구든 괜찮다'는 의미이거나 '아무 용이나 데려오라'는 식이 아니었다.

하지만 심연이 특정한 용을 원하는 거라면 레이븐에게 단서를 줘야 했다. 일단 색깔을 알려 주면 좋을 것이다. 날개는 몇 개지? 큰가, 작은가? 살려서 데려오나, 죽여서 데려오나?

하하하, 심연이 원하든 말든 레이븐이 용을 죽일 수는 없겠지만.

아무튼 심연은 치사하게도 이런 질문에 전혀 대답하지 않았다. 볼은 레이븐을 무시하며 계속해서 가장자리 너머의 어둠을 골똘히 바라보았다.

그렇게 며칠 동안 쓸모없는 생각과 실패로 돌아간 실험을 계속하던 레이븐은 유일하게 가능한 일을 했다. 몰을 이 문제에 끌어들인 것이다.

레이븐은 동굴 호수에 혼자 있던 몰을 찾아갔다. 몰을 쓰러뜨려, 도망갈 새도 주지 않고 깔고 앉았다.

"화내지 마."

레이븐이 말했다.

"하, 시이이이잃어."

몰은 두 손으로 자기 얼굴을 움켜쥐었다.

"레이븐! 이건 어때? 사람들을 화나게 **만들** 짓을 하지 않는 거!"

"내가 한 일이 아니야! 맹세해! 진짜야."

레이븐이 항의했다.

레이븐은 눈을 가늘게 뜨고 천장을 보았다.

"물론, 널 화나게 할 일을 *하나* 하긴 했지만, 내가 너한테 이야기해야 할 진짜 문제는 내 탓이 아니라고! 진심이야!"

"한 번에 한 가지 얘기만 좀 해 줄래?"

레이븐은 잠시 생각했다. 몰은 돌바닥에 가만히 누워 있었다. 낚시용 그물이 근처에 떨어져 있고, 두 팔로 머리를 괴고 있었다. 몰은 사람을 너무 쉽게 판단하는 경향이 있었고 지나치게 규칙을 따랐지만 똑똑했다. 그리고 레이븐이 아는 사람 중 가장 상냥한 사람이었다.

"이론적으로 말해 볼게. 용을 한 장소에서 다른 장소로 옮겨야 한다면 넌 어떻게 할 거야?"

레이븐이 물었다.

몰은 레이븐의 눈을 들여다보더니 한참 만에 말했다.

"뭐라고?"

"용이 있다고 상상해 봐. 그런데 그 용을 *상당히 구체적인 어떤 장소*로 데려가야 해. 가는 길에 잡아먹히지 않는다면 더 좋겠지. 너라면 어떻게 할래? 구체적으로 말이야."

"레이븐, 상당히 구체적인 어떤 장소는 심연을 뜻하는 거
야?"

레이븐이 팔다리를 흔들어댔다.

"누가 심연이래? 난 그런 말 안 했어. 왜 그래? 아무도 그런
말 안 했는데……. 아니, 잠깐. 규칙은 어디다 팔아먹었어? 심
연 얘기를 한 건 너지, 내가 아니야! 이번엔 내가 아니었어!"

(규칙:

아무도 심연을 입에 담지 않는다.

아무도 심연에 가까이 가지 않는다.

모두 심연이 더 이상 존재하지 않는 척한다.

**모두 소름 끼치고 커다랗고 어두운 구멍이 뿜어내는 이상함을 전
혀 느끼지 못하며 귓속말이 전혀 들리지 않는 것처럼 행동한다.)**

몰은 다시 얼굴을 문지르더니 레이븐을 밀쳐 내고 일어나
앉아 두 손으로 머리카락을 움켜쥐었다.

"네가 하는 말이 내가 생각하는 그 말이면, 볼이 나한테 똑
같은 말을 했어."

"그래? 왜 말 안 했어?"

레이븐이 몰의 팔을 쿡 찔렀다.

"내가 왜 말해? 우리는 심연에 대해서 이야기하면 안 돼,

기억하지? 난 심지어 볼 얘기도 해서는 안 돼. 그런데 볼이 나한테 이상한 심연의 메시지를 전했다는 얘기를 어떻게 할 수 있겠어? 너도 어떤 식으로든 이미 그 얘길 알고 있으면 안 돼! 절대로!"

몰이 한숨을 쉬었다.

"레이븐, 넌 어떻게……?"

몰은 말을 흐렸다.

"난 가끔 볼을 만나러 가."

레이븐이 웅얼거렸다. 레이븐은 장화에서 칼을 꺼내 바닥 틈에 꽂았다.

"너무 가까이 가지는 않아. 그냥…… 근처에 앉아서 얘기 해."

고개를 든 레이븐은 몰의 표정에 깜짝 놀랐다. 전혀 화난 표정이 아니었다. 눈물을 터뜨릴 것 같은 표정이었다.

"이상하게 굴지 마! 난 볼이 가엾어! 볼이 더 이상 거기 없 다는 건 알지만, 그래도 혹시 모르니까 계속 기다려 보게 돼. 어쩔 수가 없어. 바보 같지? 나도 알아."

레이븐이 소리쳤다.

"바보 맞지. 근데 나도 그래. 그래서, 볼이 너한테도 같은 메시지를 준 거야?"

몰이 물었다.

"그 용을 찾아서 심연으로 데려오라는 메시지?"

몰이 고개를 끄덕이자 레이븐은 한숨을 쉬었다.

"대체 우리가 그 일을 어떻게 하지, 몰?"

"해야 한다고 생각해? 볼의 말을 무시하면 안 될까?"

"내가 받은 메시지는 '아니면 네가 아는 모든 이가 죽을 것이다'라는 꽤 분명한 말로 끝났어. 아주 구체적인 말은 아니었지만, 뭔가에 썬 수호자와 심연의 초록색 촉수가 모두를 죽이고 다니는 장면이 상상돼."

"난 용들도 화나게 하고 싶지 않아. 지난달에 동굴에 정착한 용들 중에 하나가 필요할 것 같아. 하지만 우리가 용 한 마리를 어찌어찌 납치한다고 해도, 나머지 용들이 화를 내면서 복수하려 들지 않을까? 너야 어떨지 모르지만, 나는 화난 용 수백 마리와 동굴에서 함께 살고 싶지 않아. 그게 화난 심연보다 더 싫을 것 같아."

"그러니까 영리하게 해야지. 난 심연이 **어떤** 용을 원하느냐는 제쳐 두고, 일단 **아무** 용이라도 심연에 데려갈 수 있는지 확인해 볼 생각이었어. 가장 먼저 든 생각은 그중 한 마리가 나를 보게 하는 거야. 녀석이 나를 쫓아 심연까지 갈 정도로 배가 고프기를 바라면서."

"아니, 와. 엄청나게 끔찍한 계획이야. 아주 마음에 안 들어."

"네 생각보다 더 끔찍해. 다만 용들 중에는 뭐랄까, 두세 마리만 사냥꾼이야. 날개 네 개짜리 알록달록한 용은 한 번도 날 쫓아온 적이 없었어."

"시도해 봤단 말이야?"

몰이 경악해서 물었다.

"당연히 해 봤지. 아주 많은 걸 해 봤어! 떠오른 일들을 다 해 보지 않았으면 널 귀찮게 하지도 않았을 거야. 알록달록한 용들은 나한테 *전혀* 관심이 없어. 걔들 코앞에서 춤을 춰도 걔들은 내 냄새를 맡는 게 전부야. 크고 멍청한 초록색 용은 날 따라오게 만들 수는 있었지만, 위험해. 정말 작정한 것 같았거든. 걔가 우연히 우리 마을을 찾아내는 일은 없어야 해."

"그래. 그건 확실히 피해야겠다."

"넌 지금까지 뭘 해 봤어?"

"음. 걱정? 온갖 종류의 걱정을 해 봤어."

"역시, 그래야 내 가장 친한 친구지. 내가 할 필요 없게 어려운 일을 대신 해 주고."

레이븐은 애정을 담아 몰의 어깨를 툭 치며 말했다.

"하하, 넌 용의 간식거리로 자원하는 일 말고 뭘 했는데?"

레이븐이 인상을 찡그렸다.

"보물을 찾아봤어. 용들은 반짝거리는 걸 좋아하잖아? 이야기책에는 그렇게 나오던데. 내가 다이아몬드를 떨어뜨려 놓으면 용이 저 멀리 심연까지 그걸 따라갈지도 모른다고 생각했어."

"그러려면…… 다이아몬드가 엄청나게 많이 필요하겠는데."

"내 말이! 그렇게 많은 보물을 내가 어떻게 몰래 모으겠어. 구원의 땅굴 벽에 박혀 있던 작디작은 다이아몬드를 **한 개** 빼보려다가도 엄마한테 걸려서 **엄청나게 혼났는데.** 넌 짐작도 못할 거야."

"내가 널 못 봤던 주가 그때야?"

몰의 추측에 레이븐은 어깨를 으쓱했다. 몰은 레이븐의 부모님을 잘 알았다. 레이븐의 부모님은 레이븐을 혼자 가둬 두는 벌을 잘 주었다.

"또 뭘 할 수 있을까? 아이디어 있어? 사람들이 수술을 받을 때 잠들어 있도록 의사들이 쓰는 꽃즙이 있긴 한데…… 내가 어떻게든 그걸 **엄청나게 많이** 구해다가 용한테 주면?"

레이븐이 물었다.

몰이 생각에 잠겨 말했다.

"**어쩌면** 용을 속여서 그걸 먹게 할 수도 있겠지. 하지만 그러면 *잠들어 있는 엄청나게 거대한 용을 옮길* 방법을 찾아야해, 레이븐."

"그래, 맞아. 내 머릿속에서도 그 부분에서 계획이 무너졌어. 근데…… 손수레를 쓰면? 도르래나? 마을 사람 모두에게 최면을 걸어서 나 대신 용을 움직이게 한다거나? 그래, 알았어. 너무 어렵다."

"용들에게 메시지를 남기는 건 어때? 그림 같은 걸로 말이야. 심연으로 가는 지도라든가. 심연 *안에* 커다란 보물 더미가 있는 그림이라든지?"

레이븐은 참지 못하고 웃었다.

"그랬다가는 역사상 가장 멍청한 용을 꾀어내게 될 거야. 랄랄라, 여기 바닥에 있는 게 뭐지? 지도네! 보물이 있는 곳으로 가는 지도! 전혀 수상하지 않은걸! 내가 가야지, 딴딴딴, 이 흔적을 따라 다이아몬드를 찾으러 갈 거야. 이건 완전히 정상적인 일이야."

"네 상상 속 용은 너무 인간처럼 말한다. 난 용들이 지도가 뭔지 모를까 봐 걱정했는데. 지도를 따라가는 건 그다음 문제고."

몰이 반박했다.

"네가 용을 많이 못 봐서 그래. 용들은 지도를 읽을 수 있을 만큼 영리해. 확실해. 가짜 지도에 넘어가기엔 너무 똑똑하고."

"다음번에는 용들도 우리처럼 감정이 있다고 말하겠다? 자기 형제 일에 신경 쓰는 용들도 있다고 할 거야? 가장 친한 친구를 위해서라면 뭐든 하는 용이라든지."

몰은 곁눈질로 레이븐을 보았다.

칼에 닿아 있던 레이븐의 손이 멈췄다. *잠깐…… 감정이 있는 용이라…….*

감정이 있는 용이 존재한다면, 그건 아마 무지개 색깔의 나비처럼 생긴 용일 것이다. 어쩌면 그들은 실제로 인간처럼, 대체로 인간과 비슷하게 서로에게 신경을 쓸지도 모른다. 그렇다면 그 점을 이용할 수 있을 것이다.

어쩌면 그게 용을 속이는 방법일까? 용의 가장 인간적인 약점을 찾는 것.

"레이븐."

레이븐이 칼을 다시 장화에 끼워 넣을 때 몰이 말했다. 몰과 눈을 마주친 레이븐은 아쉽다는 듯 미소를 지었다. 몰은 '규칙은 규칙이야. 널 대체 어쩌냐.' 하는 표정이었다. 보통 그 표정 뒤에는 훈계가 이어졌다.

하지만 그때 몰이 말했다.

"네가 규칙을 어기고 볼을 만난 것에 화를 내야 한다는 건 알아. 하지만…… 레이븐, 드디어 이 문제를 의논할 수 있는 사람을 만나서 기쁘다."

레이븐은 심장에 작은 금이 가기 시작하는 것을 느꼈다. 몰은 이 비밀을 온전히 혼자서 지키고 있었다. 레이븐과 똑같았다. 몰은 마을의 운명과 모두의 목숨이 자신의 작은 어깨에 걸려 있다고 생각했다. 가엾은 몰. 볼을 돌보는 유일한 사람이자 지도자들에게 남은 유일한 아들 겸 후계자였기에 몰은 이미 너무 많은 짐을 지고 있었다.

레이븐이 한쪽 팔을 몰에게 둘렀다. 몰도 레이븐에게 팔을 얹었다. 레이븐이 약속했다.

"우리가 함께 해결하자. 혼자서 할 필요 없어. 나한테 새로운 아이디어가 있거든."

"아, 이런."

몰의 말에 둘 다 웃었다. 몰은 레이븐 건너편으로 팔을 뻗어 레이븐의 자유로운 손을 두 손으로 잡았다.

"레이븐, 넌 심연이 왜 이제 와서, 이토록 오랜만에 용을 내놓으라는 지시를 했다고 생각해?"

"모르겠어. 그건 내 문제가 아니라 용들의 문제 같은데."

"내가 걱정하는 게 그거야. 뭐랄까…… 심연이 화가 났다면, 심연에게 용을 넘겨주는 게 **좋은** 생각일까? 심연이 그 용에게 무슨 짓을 할까?"

용에게 인간처럼 감정이 있다면, 그럼…… 나라면 불길한 심연에 바쳐지고 싶지 않을 텐데.

레이븐은 생각했다.

"이게 수호자 의식보다 나은 일일까?"

몰이 조용히 말했다.

"우리한테 선택권이 있어? 볼의 말대로 하지 않으면 마을 전체가 위험해지는 거 아냐?"

몰이 인상을 썼다. 레이븐은 본능적으로 팔을 뻗어, 몰의 형이 해 주던 대로 몰의 관자놀이를 문질렀다.

"잘 들어. 심연과 용들 사이에 무슨 일이 생긴 건지 몰라도 아마 이걸로 해결될 거야. 어쩌면 이 방법 덕분에 심연은 용들에게 집중하고 우리를 놔둘지도 모르지. 어쩌면……."

잠시 레이븐은 숨이 목에 걸렸다.

"어쩌면, 용을 데려가면 심연이 우리에게 볼을 돌려줄지도 모르잖아. 예전 모습 그대로."

몰이 헛숨을 들이켜며 일어나 앉더니 레이븐을 바라보았다.

"그렇게 생각해?"

"모르겠어. 너무 기대하지 마. 하지만 물어볼 수는 있잖아,

안 그래?"

몰은 고개를 끄덕였다. 몰의 시선이 호수 쪽으로 흘러갔다.

"맞아. 겨우 용 한 마리잖아. 우리가 옳은 일을 하는 거였으면 좋겠다."

몰은 길게 숨을 내쉬었다.

독정글

엘로재킷
벌집

와스프
벌집

1장
바다 건너의 땅

블러드웜
벌집

~ 1 ~

루나는 세상을 바꾸고 싶었다.

루나는 세상이 어때야 하는지 알았고, 세상이 더 공정하고 아름답고 안전하고 친절해질 수 **있다**는 걸 알았다. 용들이 사랑하고 싶은 용을 사랑하고 예술 작품을 만들고, 서로를 해치는 대신 서로 돌보며 행복하게 지내는 세상을 만들 수 있다는 걸.

당연히 모두가 그런 세상을 원할 텐데, 왜 그런 세상이 아직도 존재하지 않는 걸까?

루나는 자신이 무엇을, 왜 바꾸고 싶은지 정확히 알았다. 아직 **방법을** 모를 뿐이었다.

루나는 세상이 비단 짜기와 비슷해지기를 바랐다. 비단을 짤 때 루나는 얽힌 부분이나 엉뚱한 곳에 꼬여 들어간 실을 뜯어내고 전체를 다시 짤 수 있었다. 더 나은 모습으로, 바꾼 모습으로, 완벽하게. 루나는 망가진 태피스트리를 어떻게 고치는지 알았다. 하지만 망가진 세상은 어디서부터 고쳐야 할지 전혀 감이 오지 않았다.

문제는 잘못된 것이 너무 **많고, 그 모든** 것을 고쳐야 한다는 점이었다. 게다가 너무 많은 용이 그걸 의식하지 못했다. 그들은 모든 게 괜찮다고 생각했다! 루나가 가장 좋아하고 가장 사랑하는 용들 중에도 그런 용들이 있었다!

이 점이 평생 루나를 괴롭혀 왔다. 루나는 두 어머니를 따라 시케이다 벌집을 처음 거닐었던 순간부터 세상의 문제를 알아차리기 시작했다. 누에 전당 학교에 다니기 시작하면서는 더 분명히 깨달았다. 어떻게 다른 용들은 그 점을 놓칠 수 있을까?

예를 들어, 벌집날개들이 나무를 모두 베어 버린 건 잘못된 일이었다. 벌집날개들이 잎날개를 모두 쓸어버린 건 아주, 아주, *아주 잘못된* 일이었다. 비단날개가 평생의 동반자나 직업, 사는 곳을 선택할 수 없다는 것도 문제였다. 루나가 태어나기도 전에 루나의 아버지가 잡혀갔다는 사실도 끔찍했으며, 와스프 여왕이 비단날개의 일을 모두 결정하고 비단날개들은 그 점에 대해 아무 말도 못 한다는 것도 불공평했다.

수많은 용들이 그래도 괜찮다고 주장할지 모른다. 와스프 여왕이 책임자로서 시킨 일이니까. 그리고 무슨무슨 전쟁과 무슨무슨 위험 탓에 세상은 이런 방식이어야 하니까. 하지만 그 모든 것을 받아들인다 해도(루나는 받아들이지 않겠지만) 벌집날개들이 비단날개를 발밑의 벌레처럼 대하는 건 눈에 띄게 잘못된 일, 너무도 잘못된 일이었다.

비단날개도 그들과 같은 용이었다. 비단날개도 누군가에게 밟히거나 비웃음당하거나 허락 없이 쿡 찔리거나 아무 이유 없이 처벌받거나 무시당해 마땅한 존재가 아니었다. 그건 말도 안 됐다. 날개 형태나 비늘 색깔이 약간 다르다는 이유로, 더듬이가 있거나 없다는 이유로, 왜 어떤 용은 우월해지고 어떤 용은 아무 가치가 없어지는 걸까?

하지만 그걸 어떻게 *바로 잡지?* 용 한 마리가 어떻게, 아무리 *신경을 많이* 쓰는 용이라 한들, 어떻게 부족 전체의 생각과 행동 방식을 바꿀 수 있을까? 어떻게 비웃는 벌집날개들의 머릿속에 들어가, 끔찍한 짓을 그만둘 때까지 그들 모두의 뇌를 휘저어 놓을 수 있을까?

루나는 그들에게 자신이 상상할 수 있는 더 나은 세상을 보여 주고 싶었다. 모든 벌집날개가 "*맞아! 저 세상이 이 세상보다 훨씬 나아! 저렇게 살아 보자!*"라고 말할 때까지 그 상상을 그들의 눈알에 쑤셔 넣고 싶었다.

루나는 마법이 있었으면 좋겠다고 생각했다. 마법이라면 이런 문제에 매우 *유용할* 것이다! 최소한 클리어사이트처럼 미래를 보는 마법이라도. 루나는 그 정도 능력으로도 어떻게든 활용할 방법을 찾아냈을 것이다! 하지만 루나가 정말 원하는 것은 오래된 용들의 동화에 나오는 주문이나 홀리기, 뇌 바꾸기 같은 제대로 된 마법이었다. "*펑!* 이제 너는 완전히 공정하고 친절한 존재이며 잔인하거나 불공정한 일은 할 수 없다!" 같은 마법. 루나에게 필요한 건 바로 그런 것이었지만, 그런 마법은 존재하지 않는 듯했다. 한때 머나먼 왕국에는 존재했을지 몰라도 더 이상은 통하지 않는 방법이거나.

루나는 한숨을 쉬며 발톱으로 모래를 그었다. 등 뒤에서 태양이 떠올라 불꽃비단실 가닥처럼 바다 전체에 황금빛 물결을 드리웠다. 바다 건너에 판탈라가 있다. 루나의 집과 두 어머니, 루나의 부족, 블루, 소드테일, 모두가 곤란에 빠져 있다. 판탈라 전체가 엉망진창이었다. 그런데 루나는 엉킨 실을 어떻게 풀어야 할지조차 몰랐다.

탈바꿈 전에 루나는 하늘을 나는 꿈을 꿨다. 새로운 연녹색 날개로 구름을 흩어 놓는 꿈을 꾸었고, 높이 날아올랐을 때 날개를 통과하며 쏟아지는 햇빛을 상상했다. 루나는 비밀 결사대인 번데기의 메시지를 짜 넣어 태피스트리를 만들 계획이었다. 소드테일과 함께 번데기의 비밀 회합에 참석해서, 다른 비단날개들과 세상을 바꿀 방법을 속삭이는 상상을 했다.

하지만 알고 보니 루나는 그냥 루나로, 다른 비단날개들과 함께 조용히 세상을 바꿔 나가는 평범한 비단날개로 지낼 수 없었다. 이제 그녀는 **불꽃비단실 루나**였다! 발목에서 **불을** 잣는 루나! **비단날개 중 가장 희귀한 존재인** 불꽃비단실! 어떻게든 모두를 구원하도록 선택된 존재!

와스프 여왕에게 불꽃비단실은 가둬 두고 통제해야 할 귀중한 도구였다.

번데기와 잎날개에게는 불꽃비단실이 힘이자 맞서 싸울 때 사용할 무기였다.

루나는 자신을 도구로든 무기로든 생각하는 게 마음에 들지 않았다. 루나는 '적에게 불을 붙이는' 방식이 아니라 비단날개의 방식으로 세상을 바꿀 계획이었다. 적에게 불을 붙이는 방법은 **듣기에는** 재미있을지 몰라도, 실제로 태워 죽일 용이 진짜 눈앞에 있다면 그건 극도로 무서운 일이었다.

부끄럽지만, 처음 시도했을 때 루나의 불꽃비단실은 폭풍에 걸렸다. 그 폭풍이 루나를 완전히 다른 대륙으로 날려 보냈다. 그러니까 위대하고 영광스러운 불꽃비단실 구원자 루나의 시작이 대단히 상서롭지는 않았던 것이다.

하지만 힘이 생긴 지금 루나는 그 힘을 사용해야 했다. 아닐까? 루나는 우주에 의해 선택된 불타는 올가미를 던질 수 있는 용이었다. *'아아, 아뇨, 사양할게요. 저 대신 다른 누군가가 가서 와스프 여왕을 불태워 주세요.'* 라고 말할 수는 없었다.

그건 좋았다. 예전보다 조금 무서운 존재가 된 지금은 세상을 바꿀 계획을 다시 짤 수 있었다. 이제 루나에게는 운명이 있었다. 어쩌면 그 불을 가지고 온 세상을 혼자 구원해야 할지도 몰랐다.

그래도 완전히 혼자는 아니야. 블루와 소드테일이 없으니 그런 느낌이 들긴 하지만.

오늘 루나는 용 아홉 마리와 인간 하나, 그리고 하나의 임무를 가지고 판탈라로 돌아갈 예정이었다.

그 용들 중 한 마리가 루나 옆을 빠르게 지나쳤다. 그는 곧장 물속으로 뛰어들어 머리부터 물에 빠졌다. 그 용의 인간이 파도 가장자리에 멈춰 서서 팔짱을 끼고 한숨을 쉬었다.

"봤어?"

정글날개가 하늘에서 소리치며 머리 위에서 휙 날아내렸다.

"아니, 당연히 못 봤지."

렌이 마주 소리쳤다.

스카이의 머리가 다시 물 밖으로 휙 나왔다. 그는 세차게 몸을 털더니 귀에서 물이 빠지기를 기다리는 듯 주둥이를 기울이고 서 있었다. 그가 정글날개에게 소리쳤다.

"잘못된 경보였어! 돌고래가 아니야! 그냥 길 잃은 해파리였어!"

파인애플. 정글날개 파인애플.

루나는 얼굴을 매우 잘 기억했다. 얼굴은 용의 주둥이에 얹은 태피스트리와 같았으니까. 하지만 이름을 기억하는 건 어려웠다. 그러나 이번에는 여행 동반자의 이름을 모두 외우기로 결심했다.

파인애플이 *한 가지 색깔을 골라 그 색깔로 머물면* 더 도움이 될 텐데. 녀석이 늘 완전히 다른 모습이 되는 바람에, 태피스트리 속 모습으로 용들을 상상하는 루나의 비법이 통하지 않았다.

그렇다고 불만은 아니야. 혼자 바닷가에 앉아서 너무도 넓은 바다를 아쉽게 바라보는 것보다는, 이름을 알아내야 할 용들과 함께 있는 게 훨씬 더 나아.

"아직 여기 있는 거냐?"

등 뒤에서 어떤 목소리가 물었다.

루나는 어깨 너머로 저보아를 보고는 미소 지으며 안심시키듯 말했다.

"얼음날개들이 도착하는 대로 떠날 거예요. 곧 이 바닷가는 아주 조용해지고, 당신은 우리를 무척 그리워하겠죠."

"그거 *훌륭하겠구나.*"

저보아가 투덜거리며 루나 옆에 털썩 주저앉아 사방에 모래를 튀겼다.

"*말 그대로 수백 년 동안* 이렇게 많은 용들과 대화를 나눈 적이 없었는데, 이제야 그 이유가 기억나네."

저보아는 언제나 이상한 방식으로 움직였는데, 루나는 처음에 날개 두 개짜리 용은 모두 그렇게 걷는다고 생각했다. 하지만 용을 더 많이 만나 본 지금은 저보아에게 뭔가 다른 점이 있다고 확신했다. …… 저보아는 남몰래 아파하고 있거나 뼈가 제대로 맞지 않는 듯했다.

"제가, 음…… 뭘 좀 만들어 봤어요."

루나가 머뭇거리며 말했다. 루나는 저보아에게 잎으로 싼 꾸러미를 내밀었다.

모래날개는 인상을 찌푸리며 꾸러미를 보았다. 지금까지 받았던 선물은 전부 자신을 물어뜯었다는 듯한 표정이었다.

"그냥 작은 거예요. 끔찍한 거요."

루나가 서둘러 말했다.

"여기에 베틀이 없어서 아쉬워요. 머릿속으로 상상하는 태피스트리를 짜 드릴 수가 없어서요. 그래서 불을 가지고 새로운 미술 작품을 만들어 봤어요. 불꽃비단실 조각으로 나무에 그림을 새겨 넣었어요. 생각보다 힘들더라고요! 그러니까, 여기서 제가 할 수 있었던 것 중에는 이게 최선이에요. 그래도 꽤 끔찍하죠. 싫으시면 간직하지 않으셔도 돼요. 그냥 고맙다는 말을 표현할 뭔가를 드리고 싶었어요."

"뭐가 고맙지?"

저보아가 물었다.

"제가 낫도록 도와주시고 당신이 사는 곳에서 우리가 지내는 걸 참아 주셔서요. 제가 여기에 불시착했을 때 당신이 저를 찾아와 주셨죠. 그럴 필요는 없었잖아요. 전 당신이 이 일들에서 빠진 채 그냥 오두막에 머물 수도 있었다는 걸 알아요."

저보아는 스스로에 대해서나 과거에 대해 별다른 말을 하지 않았지만, 오랫동안 혼자 살아온 건 분명했다. 루나는 이 모래날개가 누군가와 관계 맺기를 정말로 바라는 동시에 평범한 용들의 상호 작용에 매우 빠르게 부담을 느낀다는 걸 알아차렸다. 추측이었다. 저보아는 자신의 감정에 대해 이야기하거나 표정을 짓는 데 아무 관심이 없었으니까. 저보아는 대체로 지루해하거나 약간 짜증이 난 모습이었다.

하지만 루나는 '여기에 감정은 없다'라는 표정에 익숙했다. 루나의 표정은 '봐요, 난 미소 짓고 있어요. 말썽 안 부려요. 아무 문제 없어요.'에 가까웠지만, 둘 다 같은 종류의 표정이었다.

"별것도 아닌데. 나도 뭔가 쓸모 있는 일을 할 수 있겠다고 생각했을 뿐이야."

모래날개가 통명스럽게 말했다.

저보아는 머뭇거리며 선물의 나뭇잎 포장을 벗겼다. 부드럽게 휘어진 하얀 유목이 드러났다. 루나는 그 유목에 두 마리 용의 형상을 새겼다. 각자 바다 양쪽의 자기 대륙에 앉아 있는 용이었다. 한 마리는 날개가 네 개였고 한 마리는 두 개였다. 둘 다 서로를 보며 앞발을 흔들고 있었다. 뭐, 그렇게 그려 보려 했다. 날개 네 개짜리 용은 뒤로 넘어질 것 같은 모습이었고, 다른 용은 얼굴을 완전히 망쳐서 재채기라도 하는 것처럼 보였지만.

"아니, 신경 쓰지 마세요. 끔찍하고 이상한 실패작이에요. 죄송해요."

루나는 저보아의 앞발에서 조각을 낚아채려 했다.

"안 돼."

저보아가 루나의 앞발을 쳐 내며 말했다.

"이건 *내* 이상한 실패작이야. 발톱 치워."

"세상을 바로잡은 다음에 태피스트리를 만들어 드릴게요. 장담하는데 이것보다는 훨씬 나아요."

저보아는 눈을 가늘게 뜨고, 수상한 벌집날개 경비병들처럼 뭉쳐 있는 머나먼 지평선의 먹구름을 바라보았다.

"세상을 다 바로잡은 다음이라."

저보아가 되풀이했다.

"흐음. 너무 기대하지 마라. 뭔가 바로잡았다고 생각할 때마다 늘 다른 게 잘못되니까."

"아주 용기가 나네요. 저기 그럼, 아이디어가 있는데요. 뭔가 바로잡는 일을 그만두죠. 그러면 아무것도 잘못되지 않을 거 아니에요."

모래날개 키블리가 저보아 뒤로 불쑥 나타나며 말했다.

저보아가 키블리에게 인상을 썼다.

"아, 이런. 누가 날 엉뚱한 애송이라고 부르는 것 같아."

키블리가 루나에게 말했다.

"이 녀석은 너희 대륙으로 가져가도 된다."

저보아가 꼬리로 키블리를 휙 가리키며 말했다.

키블리는 저보아게 씩 웃더니 다시 루나를 돌아보았다.

"시간 있으면 같이 가자. 쓰나미가 중요한 걸 보여 주고 싶대."

키블리는 파란색 바다날개가 크리켓과 함께 앉아 있는 해변을 가리켰다.

"아…… 그래, 고마워."

루나가 말했다. 멀리서 크리켓을 볼 때마다 루나의 비늘은 아직도 묘하게 떨렸다. 머리로는 *이* 벌집날개가 안전하고 그들을 돕고 있다는 걸 알면서도 노란색과 검은색 얼굴을 보면 몸은 여전히 본능적으로 '으익! 도망쳐! 숨어! 불을 붙여!'라는 반응을 보냈다. 이 용을 믿어야 한다는 걸 **아는** 것과 그럴 수 있다고 **느끼는** 것 사이에는 차이가 있었다.

블루가 크리켓을 믿는다는 걸 알았지만, 폭풍에 휩쓸리기 전에 블루와 크리켓이 함께 있는 모습을 본 건 잠깐뿐이었다. 솔직히, 블루가 믿는 용이 *대단히* 믿음직한 용이라고 생각하기는 힘들었다. 동정심을 불러일으키기만 하면 블루는 칼을 휘두르며 식식대는 거대한 전갈도 믿을 것이다.

게다가 블루와 소드테일은 와스프의 정신 통제에 붙들렸는데, 크리켓은 그렇지 않다는 사실에도 마음속 작은 부분으로는 *정말로 화가* 났다. 더없이 행복하고 운 좋은 저 벌집날개는 또 한 번 탈출했고, 루나가 사랑하는 용들은 그러지 못했다니.

공평하지 않았다.

그 말을 큰 소리로 할 수는 없었지만.

그래도 정말 공평하지 않았다.

쓰나미가 다가오며 루나에게 가까이 오라고 신호했다.

"루나, 너한테 파이리아의 비밀을 하나 더 말해 주려고. 도움이 될 것 같아서. 중요한 일 같거든. 그리고 있잖아, 이건 *내* 비밀이야. 뭐, 옥산 아카데미의 비밀이긴 한데 내가 교장이니까, 다른 여왕의 허락은 필요 없다는 게 내 판단이야. 그러니까, 자."

쓰나미가 오므린 앞발에 깔끔하게 들어가는 별 모양 사파이어를 내밀었다.

"이건 몽유석이야. 아니무스의 마법이 깃든 물건 중 하나야."

루나의 심장이 빨라졌다. 마법이라니!

"어떤 기능이 있는데요?"

루나가 불쑥 물었다.

이게 우리 부족을 구원할 거라고 말해 줘요.

루나는 곁눈질로 크리켓을 보았다. 크리켓은 평소와 달리 조용했다. 평소 같았으면 누구보다 먼저 질문을 던졌을 텐데, 지금은 모래에 반쯤 묻힌 자기 발톱만 보고 있었다. 누군가 크리켓이 좋아하는 책을 모두 불태운 듯한 표정이었다.

"크리켓에게는 이미 써 보게 했어."

쓰나미가 설명했다.

루나는 반항적으로 생각했다.

왜요?! 왜 내가 아니라 크리켓한테 먼저 쓰게 한 거예요? 크리켓은 악당 중 하나인데, 이게 어떻게 공평하죠?

아니, 아니야. 이런 생각은 누구에게도 들켜서는 안 돼. 난 미소 짓고 있어요, 말썽 안 부려요, 아무 문제 없어요.

쓰나미가 말을 이었다.

"몽유석은 잠든 용의 꿈속에 들어가게 해 줘. 그 용이 어디에 있든, 본 적이 있는 용이기만 하면 돼. 판탈라는 아직 밤인 것 같은데…… 혹시 거기에 네가 확인해 보고 싶은 용이 있을까?"

쓰나미는 루나의 앞발에 조심스레 사파이어를 놓았다. 루나의 머리가 핑핑 돌았다. 보고 싶은 용을 정말로 다시 볼 수 있다고? 지금 당장? 부족을 구할 마법은 아니었지만 그래도 놀라웠다. 누구를 선택해야 할까? 소드테일이냐, 블루냐? 블루냐, 소드테일이냐? 그때 루나는 깨달았다.

"너, 블루를 만났어?"

루나가 크리켓에게 물었다.

"노력은 해 봤는데 블루가 내 말을 듣지 못했어. 악몽을 꾸는 중이어서."

벌집날개가 고개를 끄덕이며 조용히 말했다.

"무슨 악몽?"

루나가 날카롭게 물었다. 블루는 *루나의* 동생이었다. 블루의 악몽을 걱정해야 하는 건 *루나*였다.

"비단날개로 가득 찬 방에 있는 꿈이었어. 벽에서 식물이 자라 나와서 용들의 목을 조르는 꿈. 그게 진짜일 리는 없잖아. 아닐까요? 그러니까, 제가 본 게 블루의 실제 모습이에요?"

크리켓이 쓰나미에게 물었다.

쓰나미가 날개를 폈다.

"*나야* 모르지. 우린 언제나 진짜와 진짜가 아닌 상황, 그 둘이 섞인 꿈을 꾸니까."

크리켓은 한숨을 쉬고 안경을 벗더니 눈을 문질렀다.

"난 소드테일을 만나 봐야겠어. 어떻게 해야 하죠?"

루나가 말했다.

"몽유석을 이마에 대. 눈을 감고 그 용에게 집중해. 그래도 안 되면 그 용이 지금 이 순간 잠들어 있지 않을 수 있어. 혹시 그 용도 블루처럼 악몽을 꾸고 있다면, 네가 그 용을 볼 수는 있지만 그 용이 네 말을 듣지 못할 수도 있고. 하지만 그 용이 일반적인 꿈을 꾸고 있다면 그 용과 소통할 수 있어."

쓰나미가 말했다.

몽유석을 이마에 대는 루나의 발톱이 떨렸다. 이건 벌집날개를 모두 사라지게 만드는 마법이 아니었다. 그랬으면 좋겠지만. 그래도 이토록 오랜만에 소드테일과 이야기할 기회가 생기다니, 루나로서는 감히 꿈도 꿔 보지 못한 마법이었다. 5년 전 처음 만난 날 이후로, 그들은 이렇게 오래 떨어져 지낸 적이 없었다.

"소드테일."

루나는 눈을 감으며 속삭였다. 예상 외로 상냥한 소드테일의 얼굴이 떠올랐다. 보통 다른 용들은 소드테일을 말썽과 시끄러운 장난, 경비병이나 선생님을 상대로 무모하게 말다툼을 하는 용으로 기억한다. 소드테일이 강하고 용감하기도 하다는 점이야 그들도 알아볼 수 있겠지만, 그 시끄러운 멍청이 짓 이면의 진짜 소드테일을 보는 용은 거의 없었다.

소드테일은 탈바꿈 태피스트리 안에 숨겨진 번데기의 비밀

기호, 빨간 잎사귀와 같았다. 찾아야만 눈에 들어왔다. 잎사귀에 신경을 쓰려면 이미 그런 잎사귀가 있다는 걸 알고 있어야 했다.

소드테일은 루나가 잘못됐다고 판단하는 모든 것을 이해했다. 전에는 몰랐을지라도 루나가 짚어 주면 바로 이해했다. 한 번의 대화만으로 애매한 관심에서 완전히 분노하는 단계로 넘어가는 솜씨가 그야말로 최고였다.

소드테일이 루나의 눈을 마주 보았다. 그의 얼굴 전체가 밝아졌다.

세 달을 걸고. 루나는 정말로…… 어딘가에 있었다. 머나먼 왕국의 햇빛 비치는 바닷가가 아닌 어떤 곳. 소드테일의 머리 위로 밝은 빛이 한 줄기 들어오기는 했지만, 어두운 곳이었다. 소드테일은 단상 위에 올라서서 등 뒤로 날개를 펼치고 앞발을 뻗고 있었다.

"소드테일!"

루나가 소리쳤다.

소드테일은 대답하지 않았다. 그의 발톱은 루나에게 뻗고 싶은 듯 움찔거렸지만, 움직이지 않았다.

아. 이제 루나는 그들이 어디에 있는지 알았다. 이곳은 말썽꾼의 길, 소드테일 같은 말썽쟁이들이 벌집날개들에게 복

종하지 않을 때마다 벌을 받던 곳이었다.

루나는 단상 아래로 다가가 돌에 새겨진 글자를 만져 보았다. 루나가 읽으려 할 때까지는 진짜 단어처럼 보였지만, 읽어 보려 하자 글자들이 구불구불해지며 머리에서 슬쩍 빠져나갔다.

꿈에서처럼.

"소드테일. 이건 진짜가 아니야. 넌 말썽꾼의 길에 있는 게 아니야. 말썽꾼의 길은 실제로 이렇게 생기지도 않았어."

루나가 등 뒤를 돌아보았다. 다른 단상도, 죄수도 없었다. 돌로 된 길이 어둠 속으로 길게 펼쳐졌고, 어둠은 벌 떼로 가득한 듯 윙윙댔다.

소드테일의 머리 위 빛도 이상했다. 너무 밝았다. 그런데도 조명이나 천장은 보이지 않았다. 그저 소드테일에게 내리쬐는 빛뿐이었다.

"소드테일, 지금 당장 거기서 내려와. 네가 왜 이런 꿈을 꾸는지 모르겠다."

"여기가 내가 있어야 할 곳이야."

소드테일이 갑자기 말했다. 체념한 듯 합리적인 목소리였다. 별로 소드테일답지 않았다.

"난 언제나 여기 있었어. 기억나? 너도 와서 나랑 같이 앉

자. 나이가 들수록 난 여기 더 오래 있게 될 테니까, 너도 해 먹을 짬 와서 여기서 살아야 해."

루나는 눈물이 날 것 같았다. 소드테일이 이곳에서 세 번 벌을 받는 동안 루나는 최대한 오랫동안 소드테일과 함께 있었다. 말썽꾼의 길에서는 죄수들이 벌집날개의 신경독에 마비되어 일시적으로 움직이지 못하고 말을 할 수 없다. 하지만 듣거나 볼 수는 있었기에, 루나는 소드테일에게 글을 읽어 주고 노래를 해 주고 그가 놓친 하루에 대해 이야기해 주었다.

"다신 여기 올 일 없어. 내가 가서 널 풀어 줄 거야, 소드테일."

"아니, 아냐. 내가 **너를** 구하러 갈 거야. 난 도움이 돼! 그 게…… 잠깐, 난 이미……."

소드테일은 혼란스러운 표정으로 말을 흐렸다.

"맞아. 소드테일, 이건 꿈이야. 하지만 **난** 진짜야. 넌 그 단상에서 내려올 수 있어. 지금 당장 내려와서 날 안아 줘."

소드테일은 잠시 생각했다.

"여기 서 있는 것보다는 그게 훨씬 마음에 드네."

소드테일은 집중하며 인상을 찌푸렸다.

"근데 움직이기가 쉽지 않아. 다들 그 사실을 아는지 모르겠다. 저기, 누가 날 움직이는 거야? 이거 내 근육 아니야?

근육한테 뭘 하라고 시키는 용은 나 아닌가? 내 근육을 좀 봐. 말대꾸를 하면서 내 말을 듣지 않아. 야, *내가* 시키는 대로 해, 멍청한 앞발아."

소드테일은 자기 발톱을 노려보았지만 앞발은 굳어진 채 그 자리에 있었다. 그가 말했다.

"그래, 잠깐만. 내가 바로잡아야겠어. 내 주인은 *나니까!* 누구도 내 앞발에 이래라저래라하지 못 해! 내가 나한테 소리 지르는 동안 잠깐만 나를 보지 말아 봐. 루나, 대신 네 얘기를 들려줘. 네가 진짜라니 무슨 뜻이야?"

"난 머나먼 왕국에 있어. 거기서 마법을 이용해 너한테 말을 거는 거야."

루나가 두 날개를 쫙 펴고 소드테일에게 날아갔다. 이 단상은 말썽꾼의 길에 있는 진짜 단상보다 높았다. 하지만 꿈에 불과했기에 루나는 소드테일을 밀치면서도 죄책감을 느끼지 않았다.

소드테일은 떨어지지 않으려고 파닥거리며 소리쳤다.

"*으아아악!* 이야! 내 날개가 움직여! 나 좀 봐! 머릿속에 뇌 대신 개미를 넣고 다니는 그 경비병들이 이번에는 날 제대로 찌르지 못했나 봐!"

"소드테일!"

루나가 소드테일의 한쪽 앞발을 잡고 땅으로 끌어내렸다. 소드테일은 날개를 등 뒤로 접고 서로 얽힌 둘의 앞발을 내려다보았다. 은회색 비단실 한 가닥이 소드테일의 발목에서 나와 루나의 앞발을 감았다.

이제 루나는 울고 있었다. 루나는 자신이 현실에서도, 쓰나미 옆에 앉아 있는 그 해변에서도 울고 있을지 궁금했다. 루나는 해롭지 않은 불꽃비단실—금빛으로 아른거리기는 해도 화상을 입히지 않는 실— 한 가닥을 뽑아 소드테일의 발에 감으며 그의 비단실과 얽히도록 했다.

"잘 들어. 난 머나먼 왕국에 있지만 널 데리러 갈 거야. 썬듀랑 크리켓이랑 다른 용들 몇 마리와 함께 널 구하러 갈 거야. 알았지? 지금 네가 어디에 있는지 알아? 그러니까, 이 꿈이 아니라 현실에서 정말로 네가 있는 곳."

루나가 말했다.

소드테일이 눈을 깜빡이며 말했다.

"시케이다 벌집. 와스프가 비단날개들을 모두 감염시킬 식물을 구할 때까지 비단날개들을 지키고 있어."

소드테일은 웃으려 애썼다.

"사실 아주 따분한 일이야. 난초가 탈출하지 못하게 꽃 가게를 지키는 것과 비슷해. 내가 추격할 일을 만들어 줄 때마다 벌집날개 경비병들이 그렇게 신나 했던 이유를 알겠더라."

"와스프가 너를 우리 벌집으로 돌려보냈다고? 그럼 네가 지키는다는 비단날개들은……."

루나가 물었다.

"그래, 다들 우리가 아는 용이야. 네 엄마들도 여기 있어. 무사하셔."

소드테일이 어색하게 어깨를 으쓱하며 말했다.

"블루는?"

루나가 물었다.

소드테일이 더 조용한 목소리로 말했다.

"블루도 여기 있어. 근데 정말로 있는 건 아니야. 블루는 자기 마음속 어딘가에 있는 고치 안으로 들어간 것 같아. 나도 그렇게 할 수 있었으면 좋겠다는 생각이 들 지경이야. 뭔가와 **싸우고** 싶은데 그럴 수가 **없어.** 이 멍청한 배신자 발톱으로는 **무엇도** 할 수가 없어."

소드테일은 둘의 얽힌 발톱을 내려다보며 깊이 숨을 들이쉬었다.

"와스프가…… **우리가** 이오를 잡았어. 그러니까 이오도 여기 있어. 이오는 날 보지도 못해."

"네가 한 일이 아니야. 와스프 여왕이 너한테 무슨 짓을 시키든 그건 *네가* 한 일이 아니야, 소드테일. 그 점을 잊지 마. 넌 여전히 그 안에 있고, 우린 널 와스프에게서 떼어 놓을 거야. 약속할게."

루나가 사납게 말했다.

"내가 정말 너랑 말하고 있는 거면 좋겠다. 이런 꿈은 늘 네가 번개로 만든 사슬에 묶여 끌려가는 걸로 끝나거든."

"넌 *정말로* 나랑 얘기하고 있어, 이 굼벵이야."

루나가 소드테일의 앞발을 흔들며 말했다. 루나는 날개로 소드테일을 감싸 안고 가까이 당겼다. 소드테일은 한숨을 쉬며 루나의 어깨에 머리를 얹었다.

"소드테일, 이 대륙에 클리어사이트 같은 용이 있어. 그 용이 판탈라에 묻혀 있는 비밀에 대해서 예언을 해 줬어. 우린 정신 통제와 관계가 있다고 생각되는 심연을 찾으러 갈 거야. 우리가 심연 안으로 날아 들어가서 앙심을 품은 크고 고약한 식물을 찾아내면, 썬듀가 그 식물이 진짜, 진짜로 죽을 때까지 그걸 엄청나게 여러 번 죽일 거야. 그러면 정신 통제가 더 이상 가능하지 않게 될 거고, 넌 자유로워져. 알았지? 훌륭한 계획 아냐?"

"난…… 내가 뭘 놓친 것 같은데."

"나도 그래. 정말 혼란스러워. 하지만 이 방법은 성공할 거야! 우린 오늘 머나먼 왕국에서 출발해! 그러니까 기억해. 며칠 뒤면 *'아니, 와, 해냈네! 정신 통제가 더 이상 통하지 않잖아! 가서 와스프 여왕의 얼굴을 찔러 주자! 그런 다음 루나를 찾아서 영원히 안아 주는 거야!'*라는 말을 하게 될걸."

소드테일은 눈에 맺힌 눈물을 떨치느라 고개를 저으며 웃었다.

"너 진짜 루나처럼 말한다. 너희가 우리를 구한 다음에는 널 어디서 만나지?"

"모자이크 정원에서. 네가 나에 대한 간절한 사랑을 고백하면서 나 없이는 살 수 없다고 말했던 그 언덕 말이야."

루나는 생각나는 대로 말했다.

"어, 내가 한 말은 정확히 '저기, 루나. 내 여자 친구가 되어 줄래?'였던 것 같은데."

소드테일이 씩 웃으며 말했다.

"그래. 내가 소드테일 언어를 번역할 수 있어서 넌 정말 운이 좋은 거야."

루나가 반박했다.

"그리고…… *너의* 낭만적인 대답은 '소드테일, 너 지금 이 꿀방울 상자 위에 앉은 거야? 왜 이게 다 뭉개졌어?'였던 것 같아. 그래서 내가 '**루나, 나한테** 집중해. 난 너랑 공식 커플이 되려고 **노력하는** 중이야.'라고 했지. 그랬더니 넌 '그래, 알았어. 괜찮을 것 같아. 꿀방울을 더 사 오자. 이번에는 깔고 앉지 **마.**'라고 했어."

"넌 정말이지 발에 닿는 사탕을 모두 뭉개 버리는 이상한 습관이 있어. 정확히 말하면 네 엉덩이에 닿는 사탕이겠지만."

루나가 지적했다.

"**일부러** 사탕을 깔고 앉은 게 아니야!"

소드테일이 반박했다.

"진심으로 그런 거면 좋겠다. 일부러 깔고 앉는 건 정말 이상한 일이잖아. 그래도 괜찮아. 난 어쨌든 널 사랑해."

루나가 주둥이로 소드테일의 주둥이를 쿡 찔렀다.

소드테일이 루나의 앞발을 꽉 잡았다.

"나도 널 사랑해. 이제 잠에서 깨려나 봐."

"아아, 안 돼. 벌써? 잠깐만······."

루나가 당황해서 말했다.

"내가 선택할 수 있는 일이 아니야. 와스프가 우리한테 뭔가 시키려 해. 루나······ 난 괜찮지만······ 네가 빨리 와 주면······ 더 좋을 거야."

"그럴게, 약속해. 블루한테 우리가 곧 간다고 말해 줘."

루나는 비단실을 더 많이 짜 소드테일의 발목에 감으며 그를 붙들어 두려 했다.

"계속 버텨 줘, 소드테일. 우리가 갈게, 우리가……."

하지만 소드테일은 사라졌다.

루나는 바닷가로 돌아와 있었다. 이른 아침 햇빛이 머리 위의 구름을 분홍색으로 칠했다. 주둥이를 따라 눈물이 굴러떨어졌고 앞발에는 소드테일의 따뜻한 발 대신 차가운 사파이어가 들려 있었다.

~ 2 ~

루나는 바다 밑바닥으로 뛰어들어 아주 깊은 곳에 파묻히고 싶었다. 잠들어서 아무것도 느끼지 못하도록. 그러나 한편으로는 심연 임무를 다 창밖으로 내던지고, 곧장 시케이다 벌집으로 날아가 소드테일을 찾을 때까지 모든 것을 불태워 버리고 싶었다.

하지만 여행 사흘째가 되자 루나는 동료들에게 더 빨리 날아가라고 고함치지 않는 일에 **온** 마음을 집중해야 했다. **루나가** 처음 두 대륙 사이의 바다를 건널 때는 이렇게 오래 걸리지 않았는데! 루나가 정신을 잃고 허리케인에 실려 왔다는 점은 인정하지만, **좀 더** 노력할 수 있지 않은가!

루나는 머릿속 계획에 집중하려고 노력했다. 판탈라의 인간들을 찾고 심연까지 그들을 따라가서…… 뭔가를 하고…… 아니, 가장 가능성이 높은 일은 썬듀가 뭔가 하는 것을 지켜보는 것이겠지만. 그다음이 중요한 부분이었다. 벌집날개들이 모두 돌아서서 와스프 여왕을 공격하고, 블루는 악몽에서 구출되고, 루나는 진짜 소드테일을 끌어안고. 그러면 모든 비단날개가 자유였다!

계획에는 약간 불안한 부분도 있었다. 루나는 불안한 부분을 생각하지 않으려 애썼다.

해피엔딩을 생각해.

우리가 모든 것을 바꾸는 모습을 생각해.

모든 일이 끝난 뒤 짜려고 했던 태피스트리를 생각해.

루나는 빠르게 모두를 살펴보려고 허공에서 몸을 틀며 한 바퀴 돌았다. 다 합쳐서 열 마리의 용이 화창한 푸른 하늘을 가르며 날고 있었다. **열 개의 다른 부족** 출신 용들이. 얼마 전까지만 해도 루나는 세상에 살아 있는 용 부족은 둘뿐이라고 생각했다.

이게 내가 하고 싶은 예술이야. 우리 모두가 함께 날아가는 태피스트리. 실제 세상이 생각보다 훨씬 크다는 걸 알려 주는 태피스트리. 우리 모두가 다르긴 하지만, 그래도 같은 용이라는 걸

알려 주는 태피스트리. 우리가 알지도 못하는 용들이 우리를 구하려고 바다를 가로질러 날아가는 걸 보여 주는 태피스트리. '이런 용들처럼 되고 싶지 않아? 다른 용을 향해 앞발을 뻗고, 다른 날개들 사이를 날고 싶지 않아? 어차피 누군가는 해야 하는 일이라면 네가 그 용감하고 친절한 일을 하고 싶지 않아?'라고 말하는 태피스트리.

예언에서 따와서 그 작품은 '단합된 발톱'이라고 부를 거야.

이 모든 일이 끝나면.

우리가 살아남는다면.

눈가에서 검은 날개가 퍼덕이자 루나는 한숨을 쉬었다. 그래도 긍정적인 건, 루나가 작은 클리어사이트를 판탈라로 데리고 돌아간다는 사실 때문이었다. 문에게 강한 예언자의 성격이 거의 보이지 않는다는 것이 문제였지만.

루나는 수많은 최면과 신비로운 선언과 극적 기습을 상상해 왔다. 루나가 예언자였다면 갑자기 눈을 감고 조용히 하라거나 미래가 말하고 있다고 선언함으로써 지루한 대화에서 모두 빠져나갔을 것이다!

하지만 좋게 보자면, 문은 대단히 냉정하고 으스스해 보였다. 멀리서 볼 때나 말을 하지 않을 때 특히 그랬다. 문은 그림 속 클리어사이트와 무척 닮았다. 그러니 괜찮은 출발이었다.

루나는 모두와 함께 벌집으로 날아 들어가 문을 가리키며 **'클리어사이트의 재림을 보라! 이분은 와스프 여왕이 사실은 얼간이이며 비단날개는 위대하고 비단날개만의 여왕을 두어야 한다고 말씀하신다! 자, 봐라!'**라고 소리치는 순간을 상상했다. 그러면 모든 벌집날개가 "이런, 우리는 너무 형편없이 잘못됐어! 우리가 어떻게 하면 더 나은 용이 될 수 있을까? 알려 줘, 루나!"라고 말할 것이다.

불행히도 문은 설득력 있는 예언자가 되기에는 너무 초조해하고 불안해했다. 벌집날개가 한 마리라도 엎드려 그 끔찍한 삶의 방식을 포기하게 만들려면, 암흑날개 문은 훨씬 더 위엄 있고 읽기 어려운 표정을 지어야 했다.

사실, 이들과 며칠을 보내 본 루나는 문의 예언을 실현하기 위한 이 영웅적 여행에 선택된 **모든** 용들이…… 생각만큼 무섭지 않다는 사실을 깨달았다(썬듀는 예외였다. 썬듀는 언제나 흠잡을 데 없이 무시무시했다).

루나는 날아가면서 고개를 위쪽으로, 옆으로 기울이며 그들을 한 마리씩 살펴보았다.

얼음날개 링크스는 하늘을 가르는 다이아몬드처럼 은색과 파란색으로 반짝였고 지나치게 미소를 많이 지었다.

모래날개 키블리는 문을 웃게 하겠다고 갈매기와 술래잡기를 하고 있었다. 지나치게 우스꽝스럽고 눈곱만큼도 진지하지 않았다.

암흑날개 문은 지나치게 수줍음이 많고 말을 많이 더듬었으며, 이상한 순간에 약간 멍해졌다.

크리켓은…… 너무 쉽게 산만해졌고 싸움꾼이 아니었다. 게다가 벌집날개이기도 했다. 그 점이 여전히 이상하게 느껴졌다. 크리켓은 계속해서 루나 옆에서 날려고 했다. 뭔가 이야기를 하고 싶은 것 같았다. 하지만 루나는 파인애플이나 스카이나 링크스와 함께 갈 핑계를 찾았다.

진흙날개 불프로그는 덩치가 크고 힘이 세 보였지만, *아무* 말도 하지 않았다. 키블리가 사냥을 가고, 그 틈을 타 다른 용들과 대화를 할 기회가 생겼을 때도 그랬다. 불프로그에게 개성이나 뭔가에 대한 열정이 있다 해도 그건 화석처럼 *아주* 깊은 곳에 묻혀 있는 듯했다.

그리고 루나가 파이리아에서 새로 사귄 가장 친한 친구, 정글날개 파인애플은 문자 그대로 날아가는 와중에도 잠이 들었다. **이번에도.**

"파인애플."

루나가 파인애플 뒤로 날아가 날개를 쿡 찌르며 소리쳤다. 오늘 파인애플은 온몸이 무지개 같은 황금색, 장미색, 청록색이었다. 너무 예뻐서 똑바로 바라보기 힘들 정도였다.

"아주 멀쩡해."

파인애플은 화들짝 놀라 깨더니, 옆으로 기울어지며 말했다.

"아주 잘 깨어 있어! 확실히 깨어 있어!"

"대낮이잖아! 어젯밤에도 엄청나게 많이 잤고. *어떻게* 피곤할 수가 있어?"

루나가 지적했다.

파인애플은 전혀 창피해하지 않고 어깨를 으쓱했다.

"지금은 정글날개가 낮잠을 자는 햇빛시간이거든. 게다가 여긴 햇빛이 너무 많아! *너희가* 아직 모두 깨어 있다는 게 신기해."

파인애플은 하품을 하더니, 루나가 전염된 하품을 눌러 참자 씩 웃었다.

"섬이 가까워진다. 잠깐 쉴 수 있겠어."

키블리가 말했다. 그는 지도를 꺼내 살펴보고 아래쪽 바다와 일치하게 기울였다.

아아악, 아아악, 아아악. 루나는 더 이상 쉬고 싶지 않았다. 루나는 저보아의 해변에서 *영원과도* 같은 시간을 '쉬면서' 보냈다. 문과 키블리가 계획을 세우기를 기다리고, 바다날개들이 판탈라까지 헤엄쳐 갔다가 돌아오기를 기다리고, 판탈라에서 도망쳐 나온 용들이 대오를 가다듬고 다음 단계를 생각해 낼 때까지 기다렸다. 이제 1초도 더 기다릴 수 없었다. 소드테일에게는 *지금* 루나가 필요했다. 루나는 블루와 소드테일에게 가서 그들을 구하고 싶었다. *당장.*

"*잠깐* 쉬어야겠지? 밤에는 이 섬까지 가고 싶거든."

쓰나미가 키블리 옆으로 날아오르며 말했다.

쓰나미는 다른 섬을 가리켰다. 그들이 따라가고 있는 사슬의 고리에서 세 번째 떨어진 섬이었다. 키블리가 고개를 끄덕였다. 루나도 안도의 한숨을 내쉬었다.

쓰나미는 상당히 사납고 시끄러운 바다날개였다. 썬듀보다 덩치가 컸고, 때로는 썬듀보다 무서운 것 같았다. 루나는 쓰나미가 벌집날개들을 상대로 쓸모 있을 거라고 생각했다.

하지만 무리의 마지막 용은 쓰나미와 정반대였다. 인간 반려동물을 데리고 다니는 사근사근한 연주황색 하늘날개 스카이. 루나는 스카이의 성격이 그가 데리고 다니는 조그만 인간 렌과 같았으면 좋겠다고 생각했다. 불이나 발톱이 있었다면, 렌은 혼자서 벌집 하나를 무너뜨릴 수도 있을 것이다. 스카이는 실수로 벌집에 부딪혀 그 벽에 사과할 가능성이 더 컸고.

스카이를 보면 동생 블루가 생각났다. 블루는 다른 용들의 감정을 헤아리는 데 시간을 보내는 반면, 스카이는 달팽이나 거북이나 돌고래의 기분에 관심을 갖는다는 점이 달랐지만.

스카이는 정말 상냥했다. 또한 모두가 매우 사랑스럽고 우습고 친절했다. 루나가 지금 저녁 파티를 준비하고 있는 거라면 그들은 완벽한 손님이었다.

하지만 이건 저녁 파티가 아니었다. 이건 *사악한 여왕과 사악한 부족을 상대로 목숨을 걸고 싸워야 할 전설적 전투였으며,* 루나 부족의 미래가 걸린 *치명적으로 중요한 구출 임무*였다. 어떻게 상냥한 용 열 마리로(아니, 그래. 상냥한 용 여덟 마리와 상당히 사나운 용 두 마리로) 세상에서 가장 무시무시한 용과 그 부족을 무찌를 수 있을까?

블루와 소드테일이 루나만 믿고 있는데, 루나가 그들을 구하려고 데려가는 군대가 이 용들이라고?

루나는 앞발을 만지작거리다가 어깨 너머를 힐끗 돌아보았다. 이제 머나먼 왕국은 너무 멀어져서, 등 뒤로 하늘과 바다 말고는 아무것도 보이지 않았다. 그러나 이제라도 돌아가서 진짜 군대를 부탁해야 할지도 몰랐다. 수많은 병사와 무기를 갖춘 군대. *그거라면* 도움이 될 텐데.

마법 군대라면 더 좋고. 루나는 잠시 태피스트리를 상상했다. 번개와 마법이 깃든 칼을 들고 떼 지어 내려오는 용들의 날개가 위쪽 3분의 1을 뒤덮고 있다. 아래쪽에는 와스프 여

왕이 혼자서 '아, 이런, 망했네' 하는 표정을 짓고 있다. 마법 군대와 함께 판탈라에 착륙하는 편이, 발가락으로도 다 꼽을 수 있는 숫자의 사랑스러운 용들과 인간 하나와 함께 파닥거리며 들어가는 것보다는 훨씬 똑똑한 일 같았다.

"걱정하지 마. 우리 중에는 보기보다 쓸모 있는 용들도 있거든."

문이 왼쪽에서 말했다.

루나가 휙 돌아서 눈을 가늘게 뜨고 문을 보았다. 문은 이런 말을 아주 많이 했다. 루나의 머릿속 생각에 대답하는 것 같은 말들. 문은 왜 지금 갑자기, 난데없이 위로 날아올라 이런 말을 하는 걸까?

"내가 쓸모 있다는 건 아니고! 음, 그냥 예를 하나 들자면 키블리가 그래."

문이 재빨리 말했다.

문은 물가로 날아내렸다가 떠다니던 코코넛을 집어 스카이에게 던지는 키블리를 눈으로 쫓으며, 다소 긴장이 풀린 표정이 됐다. 스카이는 허둥대며 앞발로 코코넛을 잡으려다가 다시 바다에 떨어뜨렸다.

"사실 키블리는 세상을 구하는 솜씨가 뛰어난 편이야."

문이 말했다.

키블리가 애한테는 소드테일이구나.

루나는 깨달았다.

둘이 서로를 보는 모습을 통해서, 둘이 매일 밤 나란히 잠드는 모습을 통해 짐작하기는 했다.

"왜 나한테 그런 말을 하는 거야? 판탈라에 가면 우리에게 무슨 일이 일어날지 환시를 봤어?"

루나가 문에게 물었다.

루나는 *자신이* 미래를 볼 수 있으면 좋겠다고 생각했다. 전체 계획을 안다고 생각해 보라. 모든 것이 어떻게 될지, 그 결과에 어떻게 이르러야 할지 안다면! 미래의 태피스트리가 머릿속에 펼쳐지다니. 끝내줄 것이다.

"미, 미안."

문이 말을 더듬었다. 문은 루나가 보고 있던 방향을 다시 가리켰다.

"난 그냥…… 네가 다른 누군가를 데려왔으면 좋겠다는 표정이어서. 혹시 돌아가고 싶어? 미안, 신경 쓰지 마."

문이 깊이 숨을 들이쉬었다.

"아니, 아니, 난 괜찮아! 전혀 걱정하지 않아!"

루나는 문이 휙 멀어져갈 기회를 주지 않고 불쑥 말했다.

미소 짓고 있어요, 말썽 안 부려요!

"그냥 가까이 갈수록 와스프가 얼마나 무시무시했는지 생각나서 그래. 생각할수록 우리한테 크고 뾰족한 뭔가가 있다면 좋겠다는 생각이 들어. 아니면 마법이나. 둘 다 있으면 더 좋고! 벌집날개들을 찌를 크고 뾰족한 마법 말이야."

문이 공감했다.

"그러게. 근데 기억해, 우린 와스프와 맞서지 않을 거야. 우리 임무는 스노펄 여왕님이 반지의 환시로 본 심연 속 존재가 뭔지 알아내는 거야. 그게 마법이나…… 음, 찌르기 없이도 네 친구들을 구할 방법이 되면 좋겠고."

다른 용들, 특히 키블리와 문은 심연이 모든 문제를 해결해 주리라 믿고 있었다. 하지만 솔직히 루나는 *어둡고 불길한 심연 밑바닥에서* 무엇을 발견하게 될지 약간 걱정됐다. *심연*이라는 단어에서는 확실한 죽음과 소름 끼침이 딸려 나왔다. 심연에 관한 것 중 마법을 쓰거나 찌르지 않아도 무찌를 수 있는 건 전혀 없을 것 같았다.

루나는 기대감을 담아 문에게 물었다.

"구체적인 환시가 더 보이지는 않았어? 심연에 뭐가 있는지에 관한 단서라든지? 우리가 해야 할 일에 관한 힌트라든지? 혹시 내가 와스프 여왕의 무덤 위에서 춤추는 모습이 잠깐이라도 보이진 않았어?"

"도움이 될 만한 건 없었어."

문이 안타깝다는 표정으로 말했다.

루나는 심통이 나서 생각했다.

하긴, 문은 늘 저런 표정이니까. 안타까워하는 표정으로 고정 돼 있어. '아, 내 노오오올라운 마법을 저어언부 써도 널 도울 수 없어서 저어어어엉말 미안해. 이 마법은 내 문제에만 통하나 봐.' 라는 표정을 영원히 짓고 있을 것 같아.

루나는 다시 문을 힐끗 보았다. 작은 검은색 용이 움찔했 다. 뭔가가 문의 주둥이를 툭 친 것 같았다.

"우리한테 마법이 좀 있긴 해."

링크스가 오른쪽 위에서 끼어들었다.

"저건 언제 쓰지?"

링크스는 썬듀의 발목에 채워진 은발찌를 가리켰다.

발찌에는 썬듀를 포함해 그들 중 누군가를, 혹은 그들 모 두를 투명하게 만드는 힘이 있었다. 얼음날개 여왕이 준 작은 마법의 선물이었다. 루나는 그 여왕이 지독하게 무시무시하다 고 생각했다. 스노펄은 냉정하게 노려보는 것만으로도 벌집날 개들을 무찌를 수 있을 것이다.

"내 추측대로라면, 우린 지금도 판탈라의 해변에서 최소 이 틀 떨어져 있어."

쓰나미가 말했다. 쓰나미는 키블리의 지도를 다시 힐끗 보았다.

"크리켓? 네 생각도 같아?"

"저요?"

안경 쓴 벌집날개가 놀라서 말했다.

"아, 저요, 네…… 음, 죄송해요. 판탈라를 떠났을 때 약간 정신이 팔려 있었거든요. 그리고 우린 훨씬 북쪽에서 출발했어요. 이번에는 독 정글로 가는 것도 아니고요. 맞죠? 잠자리 만을 생각하고 있는 거죠? 거기다 그때 우린 어린 용과 나이 든 잎날개들을 잔뜩 데리고 있었어요. 이번에는 더 빠르게 움직이고 있고요."

쓰나미가 인상을 쓰자 크리켓이 빠르게 덧붙였다.

"……하지만 네, 맞아요. 제가 생각하기에도 이틀 정도 거리 일 것 같아요."

조그만 인간이 스카이의 등에서 뭐라고 소리쳤지만, 바람이 그녀의 조그만 목소리를 쓸어가 버렸다.

"렌이 그럼 지금부터 그 발찌를 쓰는 게 좋겠대! 완전히 죽는 것보다는 안전한 게 낫다는데! 뭐? 아, 미안."

스카이가 신나서 말했다.

스카이는 목을 가다듬고 훨씬 더 낮고 으르렁거리는 목소리로 말했다.

"어떤 구름에든 위험이 도사리고 있을 수 있어. 우리는 어느 순간에든 좀비 벌레 용들에게 살해당할 수 있다고."

그러더니 참지 못하고 키득키득 웃음을 터뜨리며 분위기를 망쳤다.

파인애플이 스카이에게 씩 웃어 보였다. 파이리아의 용들은 대부분 스카이에게 당황한 듯했다. 쓰나미는 스카이를 '가장 하늘날개답지 않은 하늘날개'라고 불렀다. 하지만 파인애플은 스카이가 재미있다고 생각했고, 루나는 그런 파인애플이 더 좋아졌다.

"틀린 말은 아니야."

썬듀가 지적했다.

"지금부터 마법을 쓴다니 마음에 들어! 마법이 닳는 것도 아니잖아? 우리가 원하는 만큼 쓸 수 있는 거지?"

루나가 말했다.

"맞아. 그럼 이번 섬에서 쉬고 출발할 때부터 쓰면 되겠다."

링크스가 고개를 끄덕이며 말했다.

"하지만 그게 얼마나 도움이 될지 모르겠어. 우리가 모두 눈에 보이지 않는다 해도 불프로그가 쉬지 않고 수다를 떠니까 위치를 들킬 것 같은데."

키블리가 진지하게 말했다.

조용한 진흙날개 불프로그는 생각에 잠긴 얼굴로 고개를 돌리더니, 무슨 말인지 모르겠다는 듯 키블리를 보았다.

"음?"

불프로그가 말했다.

"그래, 바로 그거야. 멈추지 않는 그 우짖음 말이야, 불프로그. 놈들은 네가 오는 소리를 몇 킬로미터 떨어진 곳에서도 들을걸."

키블리가 말했다.

스카이가 쿡 웃는 바람에 렌을 등에서 떨어뜨릴 뻔했다.

불프로그가 잠시 키블리를 바라보았다.

"아닐 것 같은데."

한참 뒤에 그가 말했다.

"어려운 일이라는 거 알아. 근데 유감이지만, 지금보다 훨씬 조용히 해야 해."

키블리가 말했다.

"혼란스럽군."

불프로그는 인상을 찌푸린 채 다른 용들을 돌아보았다.

"키블리가 헛소리하는 거야. 윈터처럼 자기랑 말다툼할 상대가 없어서, 대신할 누군가를 찾는 거야."

문이 설명했다.

"내가 **정말로** 말을 너무 많이 하나? 정말로…… **내가** 말을 너무 많이 해?"

불프로그가 옆에서 날던 파인애플에게 물었다.

"방금 한 말이 네가 지금까지 한 말 중에서 가장 긴 말이었어."

파인애플이 말했다.

"미안, 불프로그. 농담이야. 넌 우리 중에서 가장 은밀한 용이야. 난 네가 끝내준다고 생각해."

키블리가 불프로그의 날개를 쿡 찌르며 말했다.

"정말인가?"

불프로그는 새롭게 혼란스러워하며 말했다.

키블리는 블루와 그리 닮지 않았지만, 때로 루나는 이 모래 날개에게서 동생의 모습을 발견했다. 그들은 둘 다 너무도 사랑받기를 원했다. 둘 다 자신들이 만나는 모두가 따뜻하고 편안하고 행복함을 느끼기를 바랐다. 키블리는 농담과 장난으로 그렇게 했고, 블루는 평화를 지키기 위해 다른 용들이 자신에게 이래라저래라하게 놔두는 방법을 썼다.

블루의 그런 면은 루나가 좋아하는 점인 동시에 루나를 벽에 부딪히게 만드는 점이었다. 루나는 벌집날개들이 자기를 좋아하든 말든 꿀방울 두 개만큼도 신경 쓰지 않았다. 뭐 어쩌라고? 벌집날개는 모두 끔찍한데! 최악인데! 무례하고 잘난 척하고 특권 의식에 젖어서 비웃기나 하는데! 왜 그들이 *'아, 그래, 저 루나라는 애 말이야. 얼마나 사랑스럽고 조용한 비단날개야?'*라고 생각하기를 바란단 말인가? 아니, 아니, 안 되지. 그보다 루나는 그들이 *'아, 이런, 루나가 오잖아! 아아아악! 루나가 우리 모두에게 불을 붙일 거야!'*라고 생각하는 편이 **훨씬** 좋았다.

(*실제로* 그들 중 누구에게도 불을 붙일 필요가 없다면 더더욱 좋겠지만.)

하지만 블루는 언제나 모두에게 친절하고 예의 발랐다. 그들이 얼마나 끔찍하든 상관없었다. 루나가 블루에게 번데기에 대해 말해 주지 않은 이유가 그래서였다. 와스프 여왕에게 맞서 싸우려고 모인 비단날개 비밀 집단 얘기를 들으면 블루는 완전히 혼란에 빠졌을 것이다. '맞서 싸운다'는 말은 블루의 사전에 없었다. 최소한, 루나가 불꽃비단실임이 밝혀지기 전까지는 그랬다.

루나가 고치에서 나왔을 때 블루는 달라져 있었다. 얼마나 달라졌는지 제대로 알아볼 시간도 없이 블루와 헤어졌지만, 크리켓과 썬듀가 해 준 이야기로 미루어 볼 때 블루는 루나가 탈바꿈을 위해 잠들어 있는 동안 많은 일을 겪었다.

키블리는 소드테일과도 약간 닮았다. 소드테일은 키블리처럼 웃겼다. 긴장하면 말을 많이 하는 것도 둘이 비슷했다. 하지만 소드테일은 모두에게 사랑받고 싶어 하지 않았다. 소드테일은 루나와 블루와 자신의 누나인 이오의 사랑을 받는 것만으로 행복해했다. 소드테일을 마음에 들어 하지 않는 용들이 있다면, 그들의 콧구멍에 흰개미나 처박으면 된다는 게 소드테일의 생각이었다.

루나는 다시 소드테일과 이야기하고 싶었다. 소드테일에게 루나가 지금 함께 여행하는 용들에 대해 말해 주고 싶었다. 소드테일이라면 파인애플이나 링크스나 스카이에 대해서 뭐라고 말할까? 소드테일은 루나가 믿는 것보다 더 크리켓을 믿을 수 있을까? 문을 불안한 용이라고 생각할까, 아니면 문이 무척 수줍어하는 것을 안타깝게 생각할까?

소드테일이 키블리를 좋아할 거라는 건 확실했다. 그 둘이 함께 벌집날개 경비병들을 짜증 나게 하는 모습을 쉽게 상상할 수 있었다.

루나는 멈출 때마다 쓰나미에게서 몽유석을 빌렸지만, 잠든 소드테일을 다시 볼 수는 없었다. 소드테일이 뭘 하고 있는지 궁금했다. 더 정확히는, 와스프가 소드테일에게 무슨 짓을 시키고 있는지 궁금했다. 와스프가 소드테일의 머릿속에 들어가 있고 블루를 조종하고 있다고 생각하니 견딜 수가 없었다. 그 생각을 멈추지 않으면, 루나는 바다에 뛰어들어 며칠 동안 비명을 지르게 될지도 몰랐다. 고래들은 물론 그걸 좋아하지 않을 테고.

"저기 섬이 있어."

파인애플이 바다에 솟은 작고 흐릿한 흰 모래 곡선을 꼬리로 가리키며 말했다.

"세 달에게 감사할 일이야! 난 언제든 누울 준비가 돼 있어!"

파인애플은 루나에게 씩 웃어 보이더니 모두를 앞질러 휙 날아내렸다.

쓰나미가 태양 위치를 확인하더니—루나는 몸속 시계를 통해 정오가 훨씬 지났다는 걸 알 수 있었다— 한숨을 쉬고 속도를 높여 파인애플을 따라 날아가며 소리쳤다.

"오래 쉬면 안 돼, 파인애플! 잠들기만 해 봐!"

"내…… *생각에는*…… 내가 말이 너무 많지는 않아."

불프로그가 느릿느릿 말했다.

"맞아."

문이 그를 안심시켰다.

"말을 너무 많이 하는 건 키블리지."

링크스가 도움을 주려고 덧붙였다.

키블리는 아래턱을 톡톡 두드리며 말했다.

"있잖아, 전에 어딘가에서 그 말을 들어 본 것 같아. 바닷가까지 경주하자, 불프로그!"

키블리는 대답을 기다리지도 않고 휙 날아내렸다. 불프로그가 혼란스러운 표정으로 눈만 껌뻑이고 있었기 때문에 더욱 우스웠다.

"혹시 내일은?"

크리켓이 불쑥 말했다. 머릿속으로 어떤 질문에 답하려다 방금 대화의 절반을 놓친 듯했다.

"내일 아침부터 우리 모두 투명해지는 건 어때? 너희는 어떻게 생각해? 괜찮지 않아?"

"나도 그렇게 생각해."

문이 말했다.

"그래. 우리가 투명해지면 나도 더 안전한 기분이 들 것 같아."

링크스가 고개를 끄덕이며 말했다.

"근데 우리가 투명해져서 날아가게 되면, 파인애플 넌 **정말로** 잠들면 안 돼. 잠들었다간 바다에 빠질 테고 우린 영영 너를 찾지 못할 거야."

루나가 농담했다.

그때 앞쪽에서 용의 비명이 하늘을 갈랐다.

~ 3 ~

루나는 허공에 얼어붙었다. 당황해서 순간 날개가 뒤로 펄럭였다. 루나는 본능적으로 썬듀 쪽을 돌아보았다. 링크스도 똑같이 썬듀를 보았다.

하지만 문은 "키블리!"라고 소리치며 나머지 용들을 놔두고 섬을 향해 빠르게 날아갔다.

"방금 뭐였어?"

스카이가 소리쳤다.

"파인애플이었던 것 같아."

링크스가 제정신이 아닌 듯 말했다.

그때 썬듀가 소리쳤다.

"문! 기다려!"

작은 검은색 용은 이미 너무 앞서 있었다. 이제 저 멀리 바닷가에서 울부짖는 소리가 들렸다. 한 마리 이상의 용이었다. 둘 이상, 넷 이상, 아니, 열두 마리 이상의 익숙하지 않은 목소리가 들렸다. 너무 많은 용이 분노와 화와 고통으로 울부짖고 있었다.

"와스프야. 와스프가 우리를 찾았어. *벌써* 우리를 찾은 거야."

루나가 말했다. 이 말에 목구멍이 막히는 듯했다.

"다들 가까이 붙어!"

썬듀가 소리쳤다. 썬듀는 더 높은 곳의 기류로 날아올라 날개를 펴고 마법의 발찌를 붙들었다.

"우리가 투명해진 상태로 흩어지면?"

크리켓이 소리쳤지만 썬듀는 이미 다이아몬드를 서로 마주치고 있었다.

대답할 시간도, 계획을 세울 시간도 없었다. 서로를 잃어버리면 어떻게 해야 할까? 다음 섬으로 계속 가야 하나, 돌아가야 하나? 지도는 한 장뿐이었다. 썬듀에게 무슨 일이 일어나거나 루나가 혼자 무리에서 이탈한다면? 영원히 혼자 다니는 투명 용이 되어야 하는 걸까?

루나는 두려움에 질려 앞발을 뻗었다가 링크스의 앞발에 닿았다. 둘이 발톱을 맞잡는 순간 둘 다 사라졌다.

눈앞에 용이 보이지 않는데 차가운 기운이 느껴지다니! **너무도 으스스했다.** 자신의 날개와 꼬리와 발톱이 있어야 할 곳에 텅 빈 허공이 보이는 건 으스스한 걸 **넘어서는** 일이었다.

썬듀, 스카이와 렌, 불프로그, 크리켓은 모두 사라지고 주변으로 오직 푸른 하늘만이 남았다. 루나는 허공에서 몸을 틀어 문을 찾으며 링크스를 끌어당겼지만, 암흑날개는 어디에도 보이지 않았다.

"완전히 멀어지기 전에 문도 본 것 같아."

숨이 찬 듯한 썬듀의 목소리가 들렸다. 루나는 두꺼운 날개가 자기 날개에 부딪히는 것을 느꼈고, 불프로그의 목소리일지 모르는 웅얼거리는 "아야" 소리를 들었다.

크리켓의 목소리가 들려왔다.

"쓰나미랑 키블리랑 파인애플은 어쩌지? 걔들도 투명하게 만들었어?"

"못 했어. 이 마법은 내 시야에 들어오는 용들에게만 미쳐."

썬듀가 대답했다. 목소리가 머리 위, 연기처럼 희미한 구름에서 들려왔다.

"그럼 가서 구하자!"

루나가 긴급하게 말했다. 울부짖는 소리가 들리는 섬으로 날아가는 게 루나 자신의 날개인지, 링크스의 날개인지 확신할 수 없었다. 하지만 다른 용들은 모두 그들 뒤에 있는 듯했다. 둥둥 떠서 의논하고 기다리고 시간을 잃어 가며.

"어서, 벌집날개들이 공격한 게 틀림없어! 뭔가 해야 해!"

어떻게? 뭘 하라는 거야?

루나의 머릿속에서 겁에 질린 생각들이 날아다녔다.

"그래! 맞아! 놈들과 싸우자! 드디어 기회야!"

썬듀가 소리쳤다.

"우리가 보이진 않더라도 우리 소리가 들리지 않을까?"

크리켓이 물었다.

"놈들은 우리 소리를 들을 수 없어. 스노펄 여왕님 말이, 투명 거품 안에 들어 있는 용들만 서로의 말을 들을 수 있대."

링크스가 크리켓에게 답했다. 링크스는 허공에서 루나와 놀랍도록 가까운 곳에 있었다.

"하지만 돌진하기 전에 계획을 세워야 하지 않을까?"

크리켓이 불안한 듯 물었다.

"계획 세울 시간은 없어! 일단 저리로 날아가서…… 그래서…… 그래서…… 보이지 않는 채로 벌집날개들의 머리통을 갈겨 줘야 해!"

루나가 외쳤다.

"**맞아!** 놈들을 바닷속으로 밀어 넣자! 상어를 놈들에게 떨어뜨리자!"

썬듀가 동의했다.

"파인애플과 키블리와 쓰나미는 구해야지!"

루나가 덧붙였다.

"그리고 벌집날개를 모두 **불개미** 먹이로 주자!"

썬듀가 외쳤다.

"잠깐, 잠깐만. 그건 안……."

크리켓이 말했다.

"다들 내 뒤를 바짝 쫓아오는 게 좋을 거야!"

루나의 비늘을 스치며 휙 돌풍이 일더니 썬듀의 목소리가 외쳤다.

"하지만 그 용들은……."

"다들 섬 남쪽 끝에 있는 야자나무 보여? 헤어지면 저기서 다시 모이자!"

링크스가 소리치며 크리켓의 목소리를 눌렀다.

인간이 스카이에게 뭐라고 재잘대는 소리가 들리는 것 같았다. 하지만 루나는 링크스와 날갯짓 박자를 맞춰 빠르게 날아가느라 다른 용들의 위치를 놓쳤다. 루나가 확실히 아는

89

건 자신의 발을 움켜쥔, 톱니처럼 이상하게 생긴 링크스의 발톱뿐이었다. 루나는 생각했다.

놓지 마. 날 혼자 이 위에 남겨 두지 마.

섬은 대략 시케이다 벌집만큼 넓었고 길이는 그 두 배쯤 되어 보였다. 북쪽 끝 해안에서 약간 떨어진 곳의 거대한 바위 두 개를 포함해서 용의 꼬리처럼 휘어진 모양이었다. 바위를 마주 보는 해변은 뒤엉킨 숲과 함께 가파른 절벽을 이루어 섬의 반대편을 시야에서 가렸다.

링크스가 작게 헛숨을 들이켜며 루나의 발을 더욱 세게 잡았다. 그들은 바닷가에서 싸우는 용들이 보일 만큼 가까이 다가갔다.

벌집날개들이 흰 모래밭에 끓어넘치며 이빨과 침을 번뜩였다. 최소 스무 마리는 넘었다. 암살자 말벌 떼처럼 거대하고 치명적이었다.

루나는 본능적으로 그 장면을 머릿속으로 그려 냈다. 이 두려운 장면을 묘사한 태피스트리는 절대, 절대 짜고 싶지 않았는데도.

벌집날개 스무 마리라니. 저 용들이 여기까지 날아와서 뭘 하는 거지?

"와스프 여왕이 탈출하는 잎날개들을 뒤쫓으라고 보낸 게 틀림없어."

루나가 큰 소리로 말했다.

"그러면 와스프 여왕이 지금 이 순간 저 용들 안에 있을 수 있다는 뜻이네."

크리켓의 목소리가 머리 위에서 절망적으로 들려왔다.

쓰나미의 파란색 비늘은 무리 가운데서 쉽게 눈에 띄었다. 싸움이 가장 치열하게 벌어지는 곳이었다. 쓰나미는 울부짖으며 빙글 돌아 주변의 벌집날개들을 긋고 다른 놈들의 머리를 강력한 꼬리로 후려치고 있었다.

쓰나미와 가까운 곳에서는 키블리가 벌집날개 다섯 마리에게 둘러싸여 있었다. 키블리의 독 꼬리가 말려 올라가, 빠르게 달려오는 공격자들을 찔렀다. 키블리가 정글날개들에게 받은 바람총을 하나 꺼냈지만, 조준도 하기 전에 벌집날개가 그에게 달려들어 바람총을 모래밭에 처박았다. 그들은 앞발톱을 얽은 채 몸싸움했다. 이빨이 둘 사이의 공기를 물어뜯었다. 두 개의 꼬리가 속임수 동작으로 서로를 때렸다.

하지만 누군가 바람총을 쓰는 데 성공했다. 벌집날개 한 마리가 눈을 감고 모래밭에 쓰러졌다. 목에 침이 꽂힌 채였다. 쓰나미 근처의 다른 한 마리도 갑자기 자기 뺨을 앞발로 철썩 잡더니 비틀비틀 물러나다가 주저앉았다.

"파인애플이 한 것 같아!"

루나가 링크스의 발톱을 잡고 소리쳤다.

루나는 정글날개의 위장 능력을 한 번도 본 적이 없었다. 루나가 생각했던 것보다 훨씬 인상적이었다. 루나는 어디에서도 파인애플을 찾지 못했지만, 잠시 후에는 세 번째 벌집날개가 비틀거리다 쓰러졌다.

"우리도 공격할까? 썬듀, 명령은?"

링크스가 소리쳤다.

"가장 중요한 건 스카이랑 렌을 지키는 거야! 스카이, 너 어디 있어?"

썬듀가 말했다.

답이 없었다. 루나는 주위를 둘러보았다. 아무것도 보이지 않는 게 당연하다는 걸 알면서도 가슴이 마구 두근거렸다.

"스카이? *어서*, 이 잔가지 대가리야. 어디 있어?"

썬듀가 다시 소리쳤다.

"스카이, 우리 목소리 들리면 가서 숨어!"

링크스가 소리쳤다.

썬듀가 욕설을 중얼거리는 소리가 들렸으나, 스카이와 렌의 소리는 어디에서도 들리지 않았다. 둘은 일행을 이토록 빨리 놓친 걸까?

인간을 잃어버리면 계획의 나머지 부분은 어떻게 되는 거지? 판탈라의 인간들에게 이야기를 전달해 줄 인간 없이 어떻게 심연을 찾아?

"썬듀, 지금 쓰나미랑 키블리를 투명하게 만들 수 없어?"

크리켓이 물었다.

"그러려면 일단 우리가 보이도록 해야 해. 그런데 난 벌집날개들한테 우리가 여기 있다는 걸 알리고 싶지 않아. 놈들이 스카이와 렌을 보는 위험을 무릅쓸 수는 없어. 그 둘을 제외하고 우리가 다 잡혀서도 안 되고."

썬듀가 말했다.

아래에서는 키블리의 발톱에 잡힌 벌집날개의 꼬리에서 갑자기 불꽃이 솟아올랐다. 벌집날개가 비명을 지르더니 키블리에게서 먼 곳으로 몸을 던져, 불을 끄려고 모래밭을 구르고 또 굴렀다.

저 불은 어디서 나온 거야? 문? 아니면 불프로그?

루나는 궁금했다. 암흑날개와 진흙날개는 둘 다 불을 뿜을 수 있다. 어쩌면 둘은 이미 저 아래로 내려가 모습을 감춘 채 싸우고 있는 걸까?

나한테도 불이 있어.

루나는 자유로운 발톱을 쫙 펴며 발목에서 불꽃비단실의

열기를 느껴 보았다.

이걸 써야 할까?

지금이 기회잖아. 안 그래? 내가 받은 무기를 쓸 기회.

하지만…… 내가 정말 다른 용들에게 불을 붙일 수 있을까?

머나먼 왕국의 해변에서 기나긴 시간을 기다리는 동안, 루나는 여러 종류의 불꽃비단실 만드는 연습을 했다. 그때 저보아가 모르고 뜨거운 실을 만져 화상을 입은 적이 있었다. 저보아는 별로 아프지 않은 척했지만, 루나는 며칠이나 그 일에 죄책감을 느꼈다. 지금도 저보아의 발톱에 난 성난 붉은 자국이 자신을 따라다니는 것 같은 기분이었다.

나도 벌집날개들에게 불의 밧줄을 던질 수 있지만…… 그러다가 투명한 용 중 한 마리가 맞으면? 내가 친구를 다치게 하면?

키블리 주위의 다른 벌집날개들은 빙빙 돌고 소리치며 불꽃의 근원을 찾아 모래언덕을 살폈다. 키블리는 그들에게서 훌쩍 물러나, 쓰나미 뒤를 맴돌던 주황색 얼룩무늬 벌집날개에게 몸을 던졌다. 그들은 해초 더미에 쾅 부딪히며 옆으로 쭉 미끄러졌고, 그러면서 서로를 할퀴고 울부짖었다.

"불프로그, 그 용을 키블리에게서 떼어 내! 링크스, 바람총을 꺼내서 최대한 많은 용을 맞혀. 난 쓰나미를 도울게."

썬듀가 소리쳤다.

"난?"

루나가 물었지만, 루나의 질문은 돌풍 같은 날갯짓 사이로 사라졌다. 링크스가 루나의 앞발을 꽉 잡았다가 놓았다. 루나는 하늘에서 일행을 잃은 채 잠시 현기증을 느꼈다.

"썬듀는 지금도 비단날개와 벌집날개는 별 도움이 안 된다고 생각하는 것 같아."

크리켓이 근처 어딘가에서 조용히 말했다.

"하지만 **난** 도울 수 있어!"

루나는 빛나는 발목을 들어 항의하다가, 아무도 그 발목을 볼 수 없다는 걸 깨달았다.

"난 벌집날개에게 불을 붙일 수도 있어. 할 수 *있다고.*"

크리켓이 반박한 것도 아닌데 루나는 그렇게 덧붙였다.

누나가 저런 식으로 다른 용을 해칠 수 있어?

머릿속에서 블루의 목소리가 속삭였다.

"하지만 죽이지는 마! 저 용들은 조종당하고 있다는 걸 기억해! 저 용들의 선택이 아니야!"

크리켓이 말했다. 경계심에 그녀의 목소리가 높아졌다.

벌집날개 두 마리가 쓰나미의 날개를 그었다. 그중 한 공격으로 피가 솟구쳤다. 다른 용 하나가 키블리의 꼬리를 창으로 찔렀다. 이런 와중에 크리켓의 말을 기억하기는 힘들었다. 루나는 더 아래로 날아내려 괜찮은 각도를 찾고, 비단실을 쏠 용기를 끌어올려 보려고 했다. 그러나 쓰나미나 키블리를 맞힐까 두려웠다. 그들은 싸우면서 너무 빠르게 움직였다.

루나는 벌집날개들을 공격하려고 불꽃비단실을 썼던 지난번 경험을 떠올렸다. 불꽃비단실은 빙빙 돌며 루나의 통제를 벗어나더니 결국 폭풍에 걸려, 루나를 저 멀리 파이리아까지 데려갔다.

다시 그런 일이 벌어지면? 내가 투명해진 상태에서 날려가 모두에게 돌아올 길을 찾지 못하면?

루나는 망설이며 앞발을 가슴 가까이 끌어당겼다.

키블리에게 올라타 있던 벌집날개는 옆구리에 뭔가 맞은 듯 갑자기 옆으로 고꾸라졌다. 그는 소리를 지르며 발톱으로 위쪽을 그었고, 루나는 허공에서 핏방울이 튀는 것을 보았다. 난데없이 나타난 불꽃이 벌집날개의 꼬리를 삼키자 벌집날개는 비틀거리고 비명을 지르며 바다로 들어갔다.

키블리가 다시 일어나, 쓰나미 주변에 몰려 있던 용들에게 달려갔다. 이제는 키블리도 불을 뿜었다. 그가 달려갈 때 발밑의 해초가 벌집날개들의 발톱을 스르륵 감았다. 루나는 벌집날개 한 마리가 발을 헛디뎌 둔하게 모래밭에 쓰러지는 것을 보았다. 다른 한 쌍은 어느새 길고 축축한 해초 줄기에 묶여 서로를 격렬히 밀쳤다.

동시에, 루나는 다른 벌집날개가 꺅 소리를 지르며 파도로 쓰러지는 것을 보았다. 그는 목을 붙잡고 있었다.

우리한테 기회가 있을지도 몰라.

루나는 몰려드는 놀라움 속에서 생각했다. 루나는 높은 바위에 내려앉아 해변을 뒤덮은 이상한 전투를 내려다보았다.

내 불꽃비단실을 쓰지 않아도 우리가 이길지 몰라. 나는 아무 것도 하지 않아도 될지 몰라. 우리한테는 불을 뿜는 용이 세 마리나 있잖아. 썬듀의 잎말 능력도 있고, 눈에 안 보이기도 하고, 진정제가 든 바람총도 있고, 미래를 볼 수 있는 용도 있어. …… 그런데 뱀과 누에를 걸고, 문, 너는 왜 이런 일이 벌어질 거라는 걸 몰랐던 거야?

이 친절하고 우스운 용들이 무서운 벌집날개 무리와 맞서 싸워 이길지도 몰라.

뭔가가 해변의 나무 사이에서 부스럭거리더니, 새로운 용 한 마리가 모래밭으로 미끄러져 나왔다. 그가 앞발로 가볍게 바닥을 짚으며 눈을 가늘게 떴다.

"여기에 다른 용이 있다. 우리에게 보이지 않는 용이다. 한 마리 이상일 수도 있다."

그 용이 식식댔다.

루나는 심장이 멎을 뻔했다. 새로운 용의 날개는 연보라색과 회색 얼룩무늬가 들어간 황금색이었다. 긴 연보랏빛 더듬이가 그의 머리에서 천천히 펼쳐졌다.

벌집날개가 아니었다. 완전히 평화롭고 무해해 보이는 **비단날개**였다. 와스프 여왕의 목소리가 그의 입에서 악의적으로 미끄러져 나왔음에도.

루나는 온몸이 떨려 왔다. 썬듀와 크리켓이 와스프가 이제는 비단날개도 통제할 수 있다고 말해 주었지만, 루나는 그 모습을 직접 본 적이 없었다. 이 순간까지는 그 말을 제대로 믿지 않았다.

해변에 선 비단날개는 목을 한쪽으로 틀었다가 천천히 다른 방향으로 틀었다.

"뭐 하는 거야? 왜 눈을 감고 있어?"

크리켓이 루나 위의 허공에서 속삭였다.

루나는 깨달았다.

"더듬이를 이용하는 거야. 더듬이가 움직임과 공기의 진동을 감지해."

"투명한 용들의 움직임을? 위장한 정글날개의 움직임도?"

크리켓이 경계하며 물었다.

루나는 조그만 달그락 소리를 들었다.

"우리가 막아야 해. 세 달을 걸고, 보이지 않는 바람총에 보이지 않는 화살을 어떻게 집어넣지? 루나, 도와줘! 우리가 저 비단날개를 쓰러뜨려야 해!"

크리켓이 말했다.

루나는 자신의 바람총 주머니를 더듬거렸지만, 바람총을 꺼내기도 전에 비단날개가 갑자기 날아와 루나가 앉아 있는 바위와 그리 멀지 않은 모래언덕까지 몸을 날렸다. 다른 벌집날개 두 마리가 휙 돌아 동시에 같은 지점을 공격했다.

모두가 소름 끼치도록 일치된 방식으로 움직였다. 크리켓이 루나에게 말해 준 그대로였다. 하지만 직접 눈으로 보니 훨씬 더 경악스러웠다. 그들은 더 이상 용이 아니었다. 누군가가 허공에 그어대는 칼 같았다.

그들의 발톱 아래에서 비명이 들리더니, 흰 날개를 가진 선명한 초록색 용이 갑자기 모래밭에 나타났다. 루나는 잠깐 시간이 걸려서야 그 용이 파인애플이라는 걸 알아챘다. 파인애플은 이전에 한 번도 그런 색깔인 적이 없었다.

"파인애플!"

루나가 소리쳤다.

파인애플은 그 소리를 듣지 못했다. 잠시 후, 벌집날개 한 마리가 정글날개의 머리를 돌로 후려쳤다. 파인애플은 축 늘어졌다. 흰 얼룩무늬 날개 한 쌍이 공격자들의 발톱 아래로 어색하게 벌어졌다. 아랫배에는 피투성이 발톱 자국이 남았다. 하지만 루나는 아직 파인애플의 가슴이 오르내리는 것을 보았다.

어쩌지? 어떻게 파인애플을 구하지?

"우리가 볼 수 없는 누군가가 있다. 불을 가진 용이다."

비단날개가 다시 고개를 들며 말했다.

그는 잠시 멈췄다가 천천히, 악의적인 미소를 지었다.

"사라진 불꽃비단실이려나? 루우우우우나. 작은 불꽃비단실아, 여기 있느냐?"

루나는 뱃속에 역겹게 입을 벌린 구덩이가 생긴 기분이었다. 와스프가 자신의 이름을 안다고 생각하니 뼛속까지 싸늘해졌다. 와스프가 자신을 생각하며 조금이라도 시간을 보냈다는 걸 알게 되다니. 투명한 상태였는데도 루나는 와스프가 구더기처럼 흰 비단날개의 눈을 통해 자신을 똑바로 노려보는 기분이었다.

"다들 가만히 있어! 크리켓 말로는 비단날개들이 움직임을 감지할 수 있대! 놈이 너희를 찾지 못하게 해!"

썬듀가 바닷가 어딘가에서 소리쳤다.

루나한테는 두말할 필요도 없는 얘기였다. 어쨌든, 움직일 수 있을지도 알 수 없었다. 루나는 몸에 두 날개를 바짝 붙인 채 발톱으로 바위를 쥐었다. 감히 숨을 쉬기도 힘들었다.

비단날개가 루나에게 한 발짝 다가오며 더듬이를 흔들어댔다. 그의 뒤에서는 키블리가 벌집날개 세 마리의 공격을 받아 주저앉고 있었다. 주변으로 밀려드는 용들에 가려 쓰나미는 보이지도 않았다.

또 한 걸음. 루나의 눈이 공기를 시험해 보는 적의 더듬이에 고정돼 있었다. 더듬이가 최면을 거는 코브라처럼 천천히 루나 쪽으로 회전했다.

놈이 루나를 발견할 것이다. 와스프가 루나를 잡아 정신을 빼앗고, 세뇌당한 이 용들처럼 루나도 통제할 것이다. 루나는 평생 괴물을 위해 불꽃비단실을 잣는 텅 빈 껍데기가 되고 말 것이다.

그때 불길이 갑자기 비단날개의 왼쪽 옆구리를 때렸다. 아니, 그럴 뻔했다. 비단날개는 마지막 순간에 휙 물러나더니 물 흐르듯 몸을 돌려, 알고 보니 비어 있는 게 아니었던 허공의 한 지점에 덤벼들었다.

"여기다!"

비단날개의 명령에 벌집날개 열 마리가 단숨에 날아내렸다. 루나는 비명을 참으려고 앞발로 얼굴을 꽉 눌렀다. 은색 실이 비단날개의 발목에서 쏟아져 나와, 몸부림치는 용이 분명한 허공을 감았다.

보이지 않는 용에게서 불꽃이 뿜어 나와 가까운 실을 태워 재로 만들었다.

하지만 비단에 불을 붙여다간 자기 비늘도 태우게 될 거야. 내가…… 혹시 내가 비단날개를 태워 버린다면…… 저 비단날개를 막기 위해 내가 불꽃비단실을 써야 해…….

하지만 모든 일이 너무 빠르게 일어났다.

벌집날개 한 마리가 앞으로 나왔고, 그의 발톱 아래에서 길고 검은 침이 미끄러져 나왔다. 벌집날개는 그 침으로 용의 목이 있을 만한 공기를 찔렀다.

은색 실이 축 처지더니 고요해졌다. 비단날개는 무시무시한 미소를 지으며 점점 더 많은 비단실을 자아냈다. 결국 보이지 않는 용은 의식을 잃은 채 거미의 점심거리처럼 실에 감겼다.

크기와 불로 미루어 보건대, 루나는 그 용이 누구인지 짐작할 수 있었다.

벌집날개들은 문을 사로잡았다.

~ 4 ~

아직 우리가 이길 수 있어. 끝난 게 아니야.

루나는 절박하게 생각했다.

하지만 바닷가에 정신을 잃고 쓰러진 쓰나미가 보였다. 긴 발톱 침을 가진 벌집날개가 쓰나미를 내려다보며 서 있었다. 날카로운 끝부분에서 독과 바다날개의 피가 뚝뚝 떨어졌다.

그들 뒤에서는 벌집날개 다섯 마리가 마침내 키블리를 붙드는 데 성공했다. 키블리는 격렬하게 몸부림쳤지만, 그의 꼬리조차 묵직한 빨간색 앞발 아래 갇혀 있었다. 쓰나미를 마비시켰던 벌집날개가 다가와 키블리의 목에도 침을 찔렀다. 찰나가 지나기도 전에 키블리는 고요해졌다.

"썬듀……."

링크스의 목소리가 키블리 근처 어딘가에서 들려왔다.

"쉿잇."

비단날개의 머리가 휙 올라가며 더듬이가 수상하다는 듯 떨리기 시작하자 썬듀가 대답했다.

해변에 침묵이 내렸다. 벌집날개들은 머릿속 여왕 때문에 어쩔 수 없이 움직임을 멈춘 듯 제자리에 굳어 있었다. 오직 그 비단날개만 움직였다. 그는 쓰러진 용들을 조심스럽게 돌아, 해초를 피하며 모래밭의 발자국을 살폈다. 그는 그저 빈 껍데기였다. 와스프 여왕이 그들을 상대할 때 쓰는 무기일 뿐이었다.

전에는 누구였을까? 어느 벌집에 살았을까? 번데기에 소속돼 있었을까?

지금 자기한테 무슨 일이 일어나고 있는지 알까?

"이건 어떤 용들이지?"

비단날개가 식식댔다. 그는 쓰나미와 키블리 주위를 천천히 걸어다니다 잠시 멈춰 루나로서는 읽을 수 없는 표정을 지으며 키블리의 꼬리를 살폈다.

"이런 용은 기억이 나."

갑자기 그가 더 이상 와스프의 목소리가 아닌 목소리로 말했다. 그렇다고 그 자신의 목소리도 아니었다. 그의 움직임은 더더욱 이상하고 부자연스러웠다. 용의 날개가 그에게는 어울리지 않아 보였다. 그의 머리가 휙 돌아가 파인애플을 노려보았다. 그가 짓씹어 뱉었다.

"*저것들도.* 색깔을 바꿀 수 있는 용들. *저것들도* 기억나."

그는 한쪽 발톱으로 자기 주둥이 옆을 톡톡 치더니, 문이 들어 있는 꾸러미로 가느다랗게 뜬 눈을 돌렸다.

"하지만 정신을 잃고도 투명하게 남아 있는 용은 기억나지 않는데."

"*내가 저들을 통제할 수 있을까? 악의 숨결이 저들에게도 통할까?*"

와스프의 목소리가 물었다.

와스프는 잠시 말을 멈추었다. 비단날개가 조용히 식식댔다. 그가 다른 목소리로 웅얼거렸다.

"알아볼 방법은 한 가지뿐이지."

쓰러진 벌집날개 한 마리에게서 작은 신음이 들렸다. 그는 꼬리에 난 화상의 고통으로 몸을 떨며 일어나 앉으려고 노력했다. 빨간색과 검은색 비늘이 물결쳤다. 루나는 그 용이 키블리와 맞서 싸우던 용이라고 추측했다.

벌집날개는 오랫동안 앞발을 이마에 대고 있었다. 그런 뒤에는 자기 꼬리의 검게 그을린 자국을 힐끗 보고 움찔했다.

"여기가 어디지?"

그녀는 가장 가까운 병사에게 물었다. 병사는 허연 대리석 같은 눈으로 먼 곳을 바라보았다. 움직이지도 않았고 반응도 없었다.

벌집날개가 해변을 훑어보았다. 벌집날개의 몸뚱이들이 파도에 반쯤 잠기고 반쯤은 물 밖으로 나온 채 누워 있거나 모래밭에 쓰러져 있었다. 나머지 벌집날개들은 차렷 자세로 얼어붙은 채 서 있었다. 판탈라 용과는 전혀 달라 보이는 정신을 잃은 포로도 세 마리 있었고, 용 모양의 신비로운 비단 꾸러미도 하나 있었으며, 여전히 모래밭을 성큼성큼 돌아다니며 혼잣말을 웅얼대는 불길한 비단날개도 있었다.

섬도 있었다. 벌집이나 사바나와는 너무도 다른 섬.

벌집날개는 당황해서 눈을 깜빡였다.

루나는 이 벌집날개들이 얼마나 오랫동안 와스프에게 정신 통제를 당했는지, 그들이 여왕을 위해 무슨 짓을 했는지 조금이라도 기억할지 궁금했다. 와스프가 왜 이 용은 풀어 주고 다른 용들은 풀어 주지 않았는지도.

"여기가 머나먼 왕국인가?"

벌집날개가 물었지만 이번에도 병사는 반응하지 않았다.

그때 비단날개가 모래밭을 미끄러지듯 가로질러 와서 그녀를 내려다보고 섰다.

"여기 다른 용이 한 마리라도 있었나?"

비단날개가 다시 와스프의 목소리로 쏘아붙였다.

벌집날개는 혼란스러운 표정이었다. 루나는 그녀의 얼굴에 잠시 경멸감이 스치는 걸 보았다.

자기한테 저런 식으로 말하는 비단날개를 한 번도 못 본 거야.

"그걸 *내가* 어떻게 알아?"

벌집날개가 물었다.

"네 이름이 무엇이냐?"

비단날개는 차갑게 그녀를 내려다보았다.

"이어윅."

벌집날개가 퉁명스럽게 대답했다.

"이어윅이라…… 아, 그래. 체체 벌집 소속이지. 난 지금 네 형제들 안에 있다. 아주 쉽게 그 용들이 서로를 죽이게 할 수 있어. 아니면, 이 녀석이 다른 형제의 귀를 찢어 버리게 할 수도 있다. 그것도 재미있겠군. 네가 형제들을 한 번이라도 다시 보고 싶다면 좀 더 예의를 갖춰 여왕을 대해야 할 것이다."

이어윅은 바단날개를 쳐다보았다. 놀라서 날개가 축 늘어졌다.

"머리를 써라. 여기에 우리가 볼 수 있는 용 두 마리, 볼 수 없

는 용 두 마리가 있었다. 다른 용들을 감지하지 못했나?"

비단날개가 식식댔다.

루나가 숨을 참았다.

"아, 아뇨, 폐하. 그러니까…… 저는 딱히 제 자신이 아니었고…… 아주 많은, 음, 많은 일이 벌어지고 있었습니다."

이어윅이 말했다.

비단날개는 이어윅의 화상에 모래를 끼얹으며 조바심이 난다는 듯 움직였다. 이어윅이 다시 움찔했다. 그녀가 재빨리 덧붙였다.

"하지만 없었던 것 같습니다."

"불꽃비단실을 한 마리라도 봤느냐?"

비단날개가 물었다. 그의 얼굴에 이상하게도 잠시 애쓰는 기색이 스쳤다. 이어 그는 다른 목소리를 내뱉었다.

"이상하게 행동하는 식물이라든지?"

"이상하게 행동하는 식물이요?"

이어윅은 몇 차례 눈을 깜빡이고 해변 저쪽의 야자나무를 힐끗 보았다.

"못 봤는데요……?"

해초를 보지 못했어. 와스프 여왕도 비단날개를 통제하느라 너무 바빠서 못 본 게 틀림없어.

루나는 안도하며 생각했다.

아니면…… 비단날개 안에서 두 개의 정신이 싸우고 있는 걸까……. 와스프 여왕이 실제로 뭔가 눈치챘지만, 어떤 이유에서인지 다른 정신에게 그걸 말하지 않은 거야.

비단날개는 구름을 쳐다보고 모래밭을 둘러보며 의심을 드러냈다. 그가 갑자기 소리쳤다.

"썬듀! 썬듀, 여기 있나?"

침묵. 태양이 아무것도 없는 푸른 하늘에서 밝게 빛났다. 나무 사이에서 날개를 파닥이는 새들의 소리가 들렸으나 용의 소리는 들리지 않았다. 그저 이어윅의 힘겨운 숨소리만 들렸다.

다른 용들은 떠나고, 아직 여기에 있는 용이 나뿐이면 어쩌지?

루나의 심장이 빠르게 뛰었다. 더 차분하게 생각하려 애썼지만, 이 공허하고 사방이 적인 곳에 혼자 버려진 게 아니라고 생각하기 힘들었다.

비단날개는 표정을 지으려는 시도조차 하지 않는다는 점을 빼면 매력적인 목소리로 말했다.

"썬듀, 우린 볼 일이 끝나지 않았다. 나도 알고 너도 알지. 나와서 나를 마주 보는 게 어떠냐?"

또 한 번의 긴 침묵.

비단날개가 허공을 괴롭히더니, 히죽거렸다.

"네 어머니를 다시 보고 싶지 않느냐? 좋아, 어머니는 보고 싶지 않을 수도 있겠지. 나도 널 탓하진 않는다. 나랑 상관있는 일이었다면 나도 그 가지를 뚝 꺾어 버렸을 거야. 하지만 네 여왕은? 나한테서 훔치겠다고 그렇게 많은 수고를 들였던 그 작은 파란색 비단날개는?"

루나의 심장이 쿵쾅거렸다.

블루 얘기야. 블루, 블루가 와스프의 발톱에 붙들려 있어.

비단날개가 루나 쪽을 돌아보았다. 루나는 자신이 블루를 떠올리다가 움직인 게 틀림없다는 생각에 두려워졌다. 움찔하는 동작이나 들이쉰 호흡이 자신의 위치를 드러냈을지도 몰랐다.

하지만 비단날개는 모래밭을 가로질러 비단 꾸러미 쪽으로 가더니 인상을 쓰며 그 꾸러미를 쿡 찔렀다.

"이건 네가 아니다. 잎날개들은 불을 뿜지 않으니까. 그리고 불꽃비단실이 아니니, 내가 찾는 루나도 아니지. 하지만 놈들이 썬듀와 함께 있는 게 아니라면, 이 용들은 지금 왜 여기 있는 거지?"

이어웍은 얼어붙은 다른 병사들을 둘러보더니 다시 그를 보았다.

"저, 저한테 물으시는 겁니까?"

비단날개는 역겹다는 듯 이어웍을 보았다.

"답을 아느냐?"

"아뇨. 저는 아무것도 모릅니다. 저는 썬듀가 누구인지, 왜 우리가 이런 수수께끼의 돌연변이 용들과 싸웠는지 모릅니다. 여기가 어딘지도 잘 모르겠습니다."

이어웍은 일어서려 애썼지만, 꼬리가 움직이자 고통스러운 표정이 얼굴에 스쳤다. 그녀는 다시 모래밭에 쓰러졌다.

비단날개가 정신을 잃은 벌집날개 중 한 마리의 얼굴을 발톱으로 툭 쳤다. 아무 반응이 없자 비단날개는 허리를 숙여 용의 주둥이 주변 냄새를 맡은 뒤, 눈을 가늘게 뜨고 살피다가 비늘 사이로 삐죽 튀어나온 아주 작은 침을 발견했다.

"죽은 건 아니군. 하지만 이런 식이라면 내겐 전혀 쓸모가 없지."

와스프의 목소리가 말했다.

"나머지 너희는 포로들을 와스프 벌집으로 데리고 돌아가야 할 거다."

비단날개가 허리를 폈다.

"포로를 전부요? 지금 당장이요? 저희도 쉬어야 하지 않을까요? 제 날개에서 며칠이나 날아온 것 같은 통증이 느껴집

니다. 돌아가는 길이 먼가요? 이렇게 작은 용이라도 한 마리를 통째로 들고 날아가려면, 포로 하나에 벌집날개 셋이 붙어도 금방 지칠 겁니다."

이어윅이 말했다.

"말이 너무 많은 용과 대화하는 건 불쾌하군."

와스프가 말했다.

이어윅은 입을 다물고 다시 이마를 문질렀다.

와스프는 비단날개의 앞발로 마취된 벌집날개 네 마리를 가리키며 말했다.

"넌 여기 남아서 이 용들이 깨어나기를 기다려라. 그런 다음, 모두 함께 와스프 벌집으로 돌아가라."

비단날개가 꼬리를 휙 내리치자 나머지 벌집날개들이 조용히, 하나 되어 움직이기 시작했다. 그들은 흩어져 포로들을 둘러싸더니 나무에서 덩굴을 끌어왔다.

"잠깐만요. 저는 여기 홀로 처박히고 싶지 않습니다. 여왕님 말씀대로 여기에 다른 용들이 도사리고 있으면 어쩌죠?"

이어윅은 몸을 떨었다.

"제가 여왕님과 함께 갈 수 있도록 제 안에 다시 들어와 주시면 안 될까요? 그냥 저를 다시 저들처럼 만들어 주세요."

이어윅은 긴 덩굴로 쓰나미를 감고 있는 흰 눈의 용들을 가리켰다.

움직일 수 있었다면 루나는 헛숨을 들이켰을 것이다. 이어
윅은 와스프에게 자기 정신을 차지해 달라고 **부탁하고** 있었
다. 사악한 여왕을 다시 머릿속으로 불러들이다니! *어떻게 저
런 걸 원할 수 있지?*

와스프는 굳이 비단날개의 고개를 돌려 다시 이어윅을 보
지도 않았다.

*"아니. 넌 지금 너무 심하게 고통을 느끼고 있어. 너 때문에 내
가 다루는 수많은 발톱에 집중할 수 없다."*

"하지만 전 돌아가는 방법을 모릅니다! 저희 중 누구도요!
저희를 바다 한가운데, 이 먼 곳까지 날아오게 하고는, 그냥
죽게 놔두고 가실 수는 없습니다!"

*"이 대화가 지겹구나. 대화를 끝내기 전에 확실히 말하지. 난
네게 무슨 일이 일어나든 관심 없다."*

루나는 이어윅이 길 잃은 표정을 지으면서도 이 말에 끔찍
한 충격을 느끼지는 않는다는 걸 알았다.

비단날개는 대리석 눈의 벌집날개들에게 앞발을 휘저어 명
령했고, 벌집날개들은 포로 쪽으로 허리를 숙였다. 키블리가
덩굴 그물에 싸여 들어 올려졌고 고개가 축 처졌다. 키블리의
목에 걸려 있던 주머니가 작게 *사각* 소리를 내며 모래 속으로

미끄러져 들어갔다.

루나의 목구멍에서 두려운 울부짖음이 나올 뻔했다. 루나는 비명이 새어 나오지 못하도록 온몸의 근육을 긴장시켰다.

주머니에 지도를 넣고 다닌 용이 키블리라는 사실을 잊고 있었다.

루나와 썬듀와 다른 용들이 판탈라로 가기 위해 필요한 지도.

와스프와 와스프의 군대를 파이리아로 안내할 수도 있는 지도.

절대, 무슨 일이 있어도 와스프의 앞발에 들어가서는 안 되는 지도.

발견하지 마. 그냥 거기 놔둬. 눈치채지 마.

루나는 기도했다.

비단날개는 괴로울 정도로 천천히 돌아서더니 주머니를 내려다보았다.

~ 5 ~

제발, 제발 무시해. 제발 지도를 발견하지 마.

루나가 기도했다.

비단날개가 한쪽 발톱으로 주머니를 쿡 찔렀다. 주머니는
바람 빠진 가죽 주머니처럼 모래밭에 납작하게 늘어져 있었
다.

비단날개가 앞발을 뻗어 주머니를 집었다.

"그 안에 이게 들어 있었습니다."

이어윅이 불쑥 말했다. 그녀는 키블리의 바람총을 들고 있
었다. 이어윅이 바람총을 몇 차례 흔들자 침 하나가 미끄러져
나왔다.

"이걸로 절 찌르려 한 것 같습니다."

이어윅이 발톱으로 침을 튕겼다.

"아하. 이게 네 동지들이 정신을 잃은 이유 같구나."

와스프가 비단날개를 통해 말했다.

비단날개는 쓰나미의 주머니를 목에서 홱 당겨 빼더니 안을 들여다보았다.

"그래, 모든 주머니에 들어 있는 것 같다. 그럼 이게 놈들이 만든 무기구나. 타고난 용의 힘이 아니라. 흥미롭군."

그는 쓰나미의 주머니를 흔들어 보았다. 몽유석 사파이어가 바람총과 함께 굴러떨어졌다.

루나는 가슴이 철렁했다. 지도보다는 몽유석을 잃는 게 낫다. 지도가 와스프의 앞발에 들어가면 훨씬 심한 피해를 입을 수 있다. 하지만 소드테일과 연락할 유일한 방법을 잃는다는 건 가장 좋아하는 태피스트리가 갈가리 찢기는 듯한 기분이었다.

비단날개가 눈을 가늘게 뜨고 몽유석을 들어 올려 바라보았다.

"들고 다니기에는 이상한 물건이군."

그가 다른 목소리로 말하더니 와스프의 목소리로 말을 이었다.

"머나먼 왕국에서 보내온 선물인가. 배려심이 깊기도 하지."

비단날개는 몽유석을 다시 쓰나미의 주머니에 집어넣고 주머니 끈을 목에 걸더니 꼬리로 다른 용들에게 신호했다.

"갈 시간이다."

그들은 일제히 날개를 펼쳐 하늘로 날아올랐다. 키블리, 쓰나미, 파인애플, 보이지 않는 문이 덩굴에 감싸인 채 그들 사이에 매달려 있었다. 숨은 쉬고 있었지만 고요했다.

루나는 믿을 수가 없었다. 방금 전만 해도 그들은 루나와 함께 말다툼하고 농담하고 웃고 있었다. 그런데 지금은 와스프의 포로가 되다니.

전부 망가지고 있어. 아직 판탈라에 도착하지도 않았는데 이미 모든 걸 잃었어.

루나는 그들의 날갯소리가 희미해질 때까지 힘없이 그 모습을 바라보았다.

이어윙은 해변에 털썩 주저앉아 바다를 내다보았다. 그녀는 정신을 잃은 벌집날개 네 마리와 함께 있었다. 사방의 모래는 전투로 휘저어지고 발톱 자국으로 파이고 피가 튀어 있었다.

이젠 움직일 수 있어.

루나는 그렇게 생각했지만, 마비된 네 다리를 설득하기는 어려웠다.

비단날개가 사라졌잖아. 이어윅은 날 알아보지 못할 거야. 다른 용들을 찾으러 야자나무까지 가야 해.

키블리의 주머니를 먼저 챙겨야 할까? 주머니가 둥실둥실 떠가는 걸 이어윅이 본다면?

이어윅은 길고도 슬프게 한숨을 쉬더니, 루나의 생각을 듣기라도 한 듯 키블리의 주머니 쪽으로 몸을 끌고 가 주머니를 집어 들었다.

루나가 머릿속으로 비명을 질렀다.

안 돼! 안 돼, 안 돼, 안 돼⋯⋯.

이어윅은 주머니를 열어 안을 들여다보더니, 궁금하지도 않은 표정으로 지도를 꺼내 펼쳤다.

이어윅의 눈이 휘둥그레졌다. 그녀는 펄쩍 뛰어 일어나려다가 통증 때문에 비명을 내지른 뒤 다시 넘어졌다.

"와스프! 돌아오십시오! 폐하! 제가 찾았⋯⋯."

이어윅이 소리쳤다.

쉬익 하고 허공을 가르는 바람총의 작은 소리가 났다. 이어윅의 눈이 머리통 안에서 뒤로 돌아갔다. 그녀는 쿵 하며 쓰러졌다.

"휴."

조용한 가운데 링크스의 목소리가 크고 선명하게 들렸다.

"잘 쐈군."

불프로그의 깊은 목소리가 파인애플이 쓰러졌던 부근의 엉망진창 모래밭에서 들렸다. 루나와도 멀지 않은 곳이었다. 루나는 불프로그가 그렇게 가까이 있으면서, 그 오랜 시간 동안 그렇게 조용히 있었다는 걸 믿을 수 없었다. 뭐, 조용했다는 부분은 이해가 되지만.

"다들 여기 있어?"

썬듀가 전장의 반대편에서 물었다.

"난 있어."

크리켓의 목소리가 대답했다.

"그래."

불프로그가 말했다.

"여기."

링크스가 말했다.

"나도 있어."

루나가 간신히 소리를 냈다.

"어쩌지?"

크리켓이 물었다.

"끔찍했어…… 아무것도 못 하겠더라!"

링크스의 목소리가 크리켓의 말과 겹쳤다.

"가엾은 파인애플."

루나가 말했다.

루나는 주둥이를 앞발로 틀어막으며 눈물을 멈추려고 심호흡했다.

"믿을 수가 없어, 비단날개가……."

루나는 말을 흐렸다.

"무시무시했지? 나도 안 믿겨."

썬듀가 으르렁거렸다.

"렌! 스카이! 너희 어디에 있는 거야? 파이리아의 용들에게도 정신 통제가 통할까? 와스프가 가장 먼저 할 일이 그것 같지? 파이리아의 용들에게 벌집정신 독을 주사하는 일."

크리켓이 물었다.

"아니, 그런 일이 일어나기 전에 우리가 그 용들을 되찾을 거야. **스카이!"**

썬듀가 단호하게 말했다.

"이젠 우리 모습을 다시 보이게 할까?"

크리켓이 물었다.

"우리 모습을 다시 보이게 만들면 문도 보일 거야. 그러면 문이 또 다른 클리어사이트라는 걸 놈들이 알게 되겠지. 근데 스카이와 렌을 찾으려면 어쨌든 그렇게 해 봐야겠다. 스카

이! 렌!"

썬듀가 소리쳤다.

"그래, *왜?*"

구름에서 날개 치는 소리가 내려오더니 작은 인간의 목소리가 물었다. 풀썩 모래를 일으키며 네 개의 발톱 자국이 나타나더니, 뒤이어 날개를 흔들어 펼치는 듯 더 많은 모래가 날렸다.

"우리 이름을 왜 그렇게 크게 부르는 거야? 악, 스카이. 그만해. 너 때문에 입에 모래 들어가잖아."

"너희는 어디 갔던 거야? 걱정했잖아! 아니, 구체적으로 내가 걱정한 건 아니지만 누군가는 걱정했을 거야!"

썬듀가 짜증을 내며 물었다.

"우린 너희를 기다리려고 야자나무로 가 있었어. 말했다시피, 난 소름 끼치는 벌레 용들과의 싸움에 스카이가 끼게 하지 않을 거야. 너 기분 나쁘라고 하는 말은 아니고, 크리켓."

렌이 대답했다.

"무슨…… 난 벌레가 아니……."

크리켓이 입을 열었다.

"하지만 무슨 일이 벌어졌는지 대부분 봤어. 별로 좋아 보이지 않던데!"

렌이 말을 이었다.

"**너무 끔찍했어.** 난 그 용들이 싫어. 파인애플은 괜찮을까? 걔들을 어디로 데려간 거지?"

스카이가 슬픔에 잠겨 덧붙였다.

"난 우리가 벌집날개와 싸울 일은 없을 거라고 생각했어. 우리의 구체적인 계획은 정신 통제나 스카이를 다치게 할지 모르는 용들에게서 멀리 떨어져 있는 거라고 생각했지."

렌이 덧붙였다.

"우리 친구들을 훔쳐 가는 용들에게서도!"

스카이가 덧붙였다.

"우리가 그 용들을 **찾아 나선** 게 아니잖아! 놈들이 우릴 공격했어! 반격하지 않을 수 없었다고!"

썬듀가 소리쳤다.

"알아. 그냥…… 스카이는 그런 용이 아니야. 스카이는 그런 전투를 무서워해."

렌이 말했다.

"**저기,** 미안한데."

스카이가 말했다. 그의 날갯짓에 따라 모래밭에 물결이 나타났다.

"난 무서운 게 아니야! 물론, 심장이 정말 빠르게 뛰고 뱃

124

속이 울렁거리고 다시는 그 용들이 보이지 않는 거대한 거북 껍데기 안에 숨고 싶다고 생각하긴 했지만, 나는 **파인애플이랑** 다른 친구들을 ***걱정해.***"

"걔들은 아직 살아 있어. 그냥 정신을 잃은 거야. 여왕이 사는 와스프 벌집으로 끌려갔고."

루나가 스카이를 안심시켰다.

"와스프는 용을 죽이는 것보다 사로잡는 걸 좋아해. 시체보다는 통제할 수 있는 새 병사가 더 쓸모 있거든."

크리켓이 설명했다.

"악, 둘 다 마음에 안 드는데! 사양할게!"

렌이 말했다.

"따라가야 하지 않을까?"

루나가 물었다.

"1억 번 거절할게! 놈들을 ***따라간다고?*** 내가 **방금** 뭐랬더라?"

렌이 소리 질렀다.

"당연히 따라가야지. 벌집날개들을 바람총으로 마취할 기회를 잡을 때까지 따라가는 거야. 놈들이 자고 있을 때를 노리거나. 그런 다음에 몰래 들어가서 모두 구하면 돼."

썬듀가 말했다.

"벌집에 들어가기 전까지는 와스프가 그 용들을 자게 둘 것 같지 않은데. 와스프는 자기가 통제하는 용들이 완전히 탈진할 때까지 몰아갈 수 있어. 내 생각엔 그게 와스프가 지도 없이 이 먼 곳까지 용들을 데려온 방법인 것 같아. 와스프가 저 멀리 파이리아까지 모든 용을 데려갈 수는 없겠지만, 그 용들이 쉬지 않고 벌집까지 날아가게 만들 수는 있을 거야."

크리켓이 천천히 말했다.

"그럼, 그 용들을 따라가려다가 **우리가** 쉬어야 할 때 아무것도 없는 물 위에 떠 있게 될지도 몰라."

링크스가 덧붙였다.

"그래서? 다른 방법이 뭔데? 놈들이 우리 용 네 마리를 데려가게 그냥 놔둘 수는 없어!"

썬듀가 외쳤다.

목소리가 들려오는 곳에서 모래가 이는 걸 보며 루나는 보이지 않는 잎날개가 꼬리를 치고 있다고 짐작했다.

"반대로 걔들이 여기 남았다면 걔들도 **우리를** 구하려고 했을 거야. 쓰나미와 키블리는 멈춰서 생각해 보지도 않고 출발했을 거야."

루나가 동의했다.

"음, 난 위험한 일을 하기 전에 멈춰서 생각해 보는 게 더 좋은데."

링크스가 끼어들었다.

"나도. 그리고 기억해. 우리 목표는 심연에 가서 문의 예언을 실현하는 거야. 그게 와스프랑 다른정신을 무찌를 방법이잖아. 그러니까, 사실은 그게 친구들을 구하는 가장 좋은 방법 아닐까?"

크리켓이 말했다.

"소름 끼치는 벌레 용 군대에게 몸을 던지는 것보다는 그게 낫지, 맞아!"

렌이 끼어들었다.

"하지만 그 용들이 없으면 예언을 실현할 수 없어! '단합된 발톱'이라는 말은 우리 열 마리 모두를 뜻해! 그리고 우리가 뭘 해야 할지 말해 줄 용은 문뿐이야! 우린 예언을 정확히 따라야 해. 이미 실패하고 있다고!"

루나가 항의했다.

비단실 절반을 잃은 채로 태피스트리를 만들 수는 없어.

루나는 불안했다.

"사실, 클레이는 예언이 명령은 아니라고 했어. '이런 일이 확실히 일어날 거다'라는 메시지가 아니라고. 클레이 말로는, 예언은 올바른 방향으로 가는 힌트를 주는 거고 그 힌트로 뭘 할지는 우리가 선택하는 거래."

불프로그가 천천히 말했다.

모두가 오랫동안 침묵에 빠졌다. 루나는 불프로그가 한 말의 길이에 놀라 잠시 후에야 그 의미를 이해할 수 있었다.

"잠깐…… 그러니까 예언이 미래를 말해 주지 **않는다는** 거야?"

루나가 물었다.

"클레이가 누구야?"

크리켓이 동시에 물었다.

"그렇게 멀지 않은 과거의 예언에 나왔던 진흙날개야. 그 용이 파이리아를 구했어."

링크스가 설명했다.

"하지만 **우리** 예언은 앞으로 무슨 일이 일어날지 말해 줬어. 그러니까, 클리어사이트의 책에 적혀 있던 예언 말이야. 그 예언은 **진짜로** 명령 같았어……. 정확히 명령이었다고!"

루나가 주장했다.

"그럴지도 모르지만, 우린 클리어사이트가 실제로 예언했던 시절에 살지 않았으니 확실한 건 알 수 없어."

크리켓이 말했다.

"내 말은, 예언이 실현되도록 만드는 게 우리라는 뜻이야.

그 반대가 아니라."

불프로그가 끼어들었다. 그의 목소리는 깊고도 완강했다.

"헷갈려. 난 지금도 우리 열 마리 모두가 필요하다고 생각해."

루나가 말했다.

"난 알 것 같다. 네 말은 미래가 우리 손에 달려 있다는 뜻이잖아. 앞으로 무슨 일이 일어나든 그 이유는 우리의 결정 때문이지, 여기서 끼어들고 저기에 우리를 떨어뜨리는 웬 신비로운 힘 때문이 아니라는 거지."

썬듀가 말했다.

"그럼 우리가 친구들을 구하기로 **결정할** 수 있잖아. 안 그래? 그래야 하지 않아?"

루나가 말했다.

"투표하자. 지금 당장 문과 다른 용들을 구하기 위해 벌집 날개들을 쫓아야 한다는 데 찬성하는 용?"

썬듀가 말했다.

"나."

루나가 말했다.

"나도. 아야, 렌! 차지 마! 못된 반려 인간이네!"

스카이가 말했다.

"나도. 그럼, 우리가 원래 계획대로 심연을 찾아가야 한다고 생각하는 용?"

썬듀가 말했다.

"나."

크리켓과 불프로그가 함께 말했다.

"아아악…… 나도."

링크스가 동의했다.

"그럼 비겼네."

썬듀가 한숨을 쉬며 말했다.

렌의 조그만 인간 목소리가 들려왔다.

"**에헴.** 나도 여기 있어! 난 원래 계획에 한 표야. 소름 끼치는 살인자 벌레 용들보다는 소름 끼치는 심연으로 스카이를 데려가겠어. 아아악, 스카이, 그만해!"

쿵 소리가 나더니 스카이가 몸을 날린 듯 해변에 커다랗게 파인 자국이 생겼다. 뒤이어 스카이가 굴러다니며 성질을 터뜨리자 엄청난 모래가 날리고 게들이 종종걸음쳐 흩어졌다.

작은 인간의 발자국이 모래밭에 내려서 빠르게 피하더니 다시 멈췄다. 루나는 렌이 두 손을 허리춤에 얹고 스카이가 만들어 놓은 난장판을 노려보는 모습을 쉽게 상상할 수 있었다.

"뭐, 아주 성숙하네."

렌의 목소리가 불쾌하다는 듯 말했다.

"스카이, 네 기분은 알아. 나도 마음속으로는 친구들을 구하고 싶어. 하지만 내 머리는 그랬다간 우리가 잡히거나 더 나쁜 일이 벌어질 거라고 말해. 친구들을 구하는 가장 논리적인 방법은 심연으로 가는 거야. 우리가 다른정신을 무찌른다면 와스프에게는 이제 통제할 군대가 없어져. 맞지? 그게 우리 이론 아니야?"

링크스가 말했다.

"그리고 우리는 너 혹은 렌을 잃을지도 모르는 위험을 무릅쓸 수 없어. 심연을 찾을 때 인간들에게 말을 걸 수 있는 건 너희 둘뿐이야."

크리켓이 동의했다.

"안 돼! 렌, 넌 위험을 무릅쓰고 모래 왕국으로 날 구하러 왔잖아! 친구한테는 그렇게 하는 거야! 난 이제야 용 친구가 생겼다고! 구해야 할 용 친구가!"

스카이가 외쳤다.

"그럼, 이렇게 하자."

썬듀가 너무도 권위 있게 말해 모두가 조용해졌다. 스카이는 보이지 않았지만 발버둥 치는 걸 멈췄다.

"링크스랑 나는 가서 걔들을 구해 볼게. 불가능해 보이면 위험을 무릅쓰지 않겠지만, 최대한 바람총을 많이 가져가서 우리가 무슨 일을 할 수 있을지 확인해 볼게. 그동안 너희는 지도를 따라 판탈라까지 가서 우릴 기다려. 이틀 안에 우리가 너희를 따라잡지 못하면, 우리 없이 심연을 찾으러 가."

"우리끼리만?"

루나가 조용히 말했다. 루나와 크리켓, 스카이와 렌, 불프로그라니. 적들과 맞서 줄 쓰나미와 썬듀는 없다. 미래를 말해 줄 문도 없다. 영리한 키블리의 계획도, 마음을 놓이게 해 주는 링크스의 미소도, 파인애플의 명랑함도 없다.

"걱정하지 마. 우린 갈 거야."

썬듀가 말했다.

루나는 그 말을 믿고 싶었다. 하지만 뭔가 잘못된다면 그들 다섯이 심연을 마주해야 할 터였다.

단합된 발톱으로 크나큰 악과 마주하지 않으면, 어떤 부족도 살아남지 못하리니.

예언의 마지막 구절이 머릿속에서 메아리쳤다.

~ 6 ~

　루나는 비가 온다는 사실에 놀라지 않았다. 판탈라는 우기였다. 루나는 벌집 벽과 비단 천장을 두드려대는 빗방울 소리에 익숙했다.

　하지만 어디에 앉든 축축하고 차가운 공기에는 익숙하지 **않았다.** 이 동굴은 폭풍이 부는 동안 용들이 생활하도록 설계된 공간이 아니었다. 사라진 친구들을 찾아 바깥 하늘을 불안하게 지켜보는 것 말고는 아무 할 일이 없는 용에게는 더더욱.

　물론, 친구들도 투명할 테니 친구들이 다가와도 보이지 않겠지만, 루나는 동굴 입구에 앉아 폭풍우 내다보는 걸 멈출 수가 없었다.

이 풍경을 태피스트리로 만들 수도 있겠어. 끊임없는 비, 텅 빈 바닷가, 구름만 잔뜩이고 용은 없는 하늘. 아니면 아주 멀리 떨어진 곳의 형상을 짜 넣을 수도 있겠어. 은색 비단 빗방울로 흐려져 있지만, 거기에 존재하는 형상을 그리는 거야. 멀리서 우리에게 다가오는 희망처럼.

루나는 생각했다.

지금은 아무리 먼 희망이라도 희망이 존재한다면 참 좋겠는데.

"루나? 거기 있어?"

크리켓의 목소리가 들렸다. 크리켓의 발자국이 젖은 모래를 가로질러 다가왔다.

루나는 잠시 없는 척할까 고민했다. 정말로 조용히 숨도 쉬지 않고 있으면 크리켓은 돌아갈지도 모른다. 그러면 루나는 대화를 하려고 힘을 끌어내지 않아도 된다. 무엇보다 이 대화는 루나가 이 벌집날개를 믿는 것처럼 굴어야 하는 대화, 루나가 정말로 함께 있고 싶어 하는 용들이 아니라 크리켓과 이 동굴에 틀어박혀 있어도 괜찮다는 듯이 굴어야 하는 대화여야 하니까.

하지만 크리켓이 눈치챌 거야.

루나는 차마 크리켓의 감정을 다치게 할 수 없었다. 블루가 크리켓을 보던 눈빛을 생각하면 더욱 그랬다.

"여기 있어. 그냥…… 기다리는 거야."

루나가 말했다.

이번에도. 어딘가에 틀어박힌 채. 무얼 해야 할지, 어떻게 누군가를 도와야 할지 전혀 모르는 채로.

"걔들도 번개가 걱정돼서 비를 피해 숨어 있는 걸지 몰라. 폭풍이 걷히자마자 여기로 올지도 모르고."

크리켓은 실수로 루나의 한쪽 날개에 부딪히며 말했다.

"그럴지도 모르지."

루나가 말했다. 크리켓의 말에 동의한다기보다 아직 귀 기울이고 있다는 걸 크리켓에게 알려 주기 위해서였다.

썬듀와 링크스는 어제 여기로 왔어야 했다. 그들은 불꽃비단실 동굴과 이어지는 동굴에서 썬듀 일행을 기다리기로 약속했다. 지난번 루나가 머물다가 폭풍우에 휩쓸린 동굴이었다. 루나 일행은 또 하루를 내내 기다렸다. 잎날개나 얼음날개의 흔적은 전혀 보이지 않았다.

그 둘도 잡힌 걸까?

썬듀가 와스프 여왕의 앞발에 들어갔다면 너무, 너무 나쁜 일이 될 것이다. 썬듀의 잎말 능력이면 다른정신은 몇 주 만에 대륙 끝에서 끝까지 악의 숨결을 키워 낼 수 있을 것이다.

그런 생각은 하지 마.

썬듀는 무사해. 확실해. 괜찮아. 곧 올 거야.

계속 미소 지어, 여긴 문제없어.

다만 아무도 루나의 얼굴을 볼 수 없었으므로 미소 짓는
척할 필요는 없었다⋯⋯. 투명해진 이후의 한 가지 좋은 점이
었다.

루나는 고치를 짜 그 안에 다시 들어가고 싶은 마음이었다.
가끔 루나는 자신의 머릿속에도 우기와 화창한 시기가 있다
는 생각이 들었다. 어떤 날에 루나는 빛과 끝없는 에너지로
가득 차서 무엇이 옳은지 **알았고** 모든 것을 고칠 준비가 되어
있었다. 하지만 어떤 날에는 생각 속으로 안개가 짜여 들어왔
고, 그저 모두에게서 멀어져 비단으로 몸을 감싸고 용이 아닌
무언가가 되고 싶었다.

루나는 그런 자신을 꽤 잘 감췄다고 생각했다. 엄마들이 걱
정하지 않도록 안개를 뚫고 미소 짓는 연습을 아주 많이 했
다. 모두가 수많은 문제를 가지고 있는데 거기에 문제를 더하
고 싶지 않았다. 모든 것을 눈치채고 모두를 이해하려고 그렇
게 열심히 노력하는 블루조차 루나가 우기의 하루를 보내고
있다는 걸 알아차리지 못했다.

슬픈 기분에 분명한 이유가 있는 건 아니었다. 아니, 어떤
면에서 이유는 늘 있었다. 학교에서는 선생님들이 루나와 블

루에게 소리를 질렀다. 소드테일이 다시금 문제를 일으켰다. 어머니 실버스팟이 벌집날개 주인에게서 못된 짓을 당하며 기나긴 하루를 보낸 뒤 해먹에 슬프게 누워 있었다. 모두가 다른 용들의 못된 짓에 뭉개지고 지쳐서 비단을 짜거나 아름다운 것을 만들거나 더 나은 삶을 꿈꿀 수 없었다.

하지만 이번에는 아주 분명한 이유가 있었다. 그렇기에 슬픔이 더욱 크게 느껴졌다. 루나는 자신이 온 세상을 실망시키는 것 같았다. 파인애플, 문, 키블리, 쓰나미를 잃은 것, 썬듀와 링크스가 어디에 있는지 모르는 것, 와스프 여왕의 정신 통제를 당하게 된 비단날개들까지. 시작도 하기 전에 실패로 향해 가는 임무…….

소드테일과 블루.

루나는 차마 소드테일과 블루를, 그들에게 자신이 얼마나 필요한지를, 자신이 그들을 구하는 일에 실패하고 있음을 떠올릴 수 없었다. 생각했다가는 안개 고치가 자신를 영원히 감쌀 것 같았다. 그렇게 되면 루나는 어디에도 쓸모가 없어진다.

계속 투명한 상태라는 것도 도움이 되지 않았다. 자신의 앞발이나 친구들의 얼굴을 보지 못하고 지나가는 하루하루가 루나를 점점 더 비현실적인 존재로 만들었다. 루나는 자신과 친구들이 실제로 존재하지 않는 것 같았다. 어쩌면 아무것도 존재하지 않는지도 몰랐다. 루나는 자신이 구름 속으로 녹아들어도 아무도 눈치채거나 신경 쓰지 않을 거라고 느꼈다.

소드테일이라면 알아챌 텐데. 소드테일이라면 아주 많이 관심을 기울여 줬을 거야. 소드테일한테는 내가 현실이 되어야 해. 그래야 내가 소드테일을 구할 수 있어.

우리 부족 전체를 구하는 데 내가 필요해.

어서, 루나. 일어나서 계속 움직여.

루나는 어깨를 뒤로 젖히고 축축한 날개를 부풀렸다. 이렇게까지 춥고 축축하다는 건 최소한 그녀가 아직 존재한다는 증거였다. 게다가 계속해서 머리 위를 지나다니는 순찰대의 눈에 띄지 않고 먹을 것도 구할 수 있었다.

여전히 순찰대는 대부분 벌집날개였다. 루나는 판탈라에 도착했을 때 정신 통제를 당한 비단날개가 사방에 있을까 봐 걱정했지만, 지금까지 그런 비단날개는 별로 보지 못했다.

루나는 일부 비단날개들이 벌집 안에 있다는 걸 알고 있었다. 그들은 와스프가 그들을 감염시킬 악의 숨결을 충분히 앞발에 넣을 때까지 갇혀 있을 것이다.

가엾은 블루와 소드테일이 정신 통제를 당해 그 비단날개들을 지키고 있어.

내가 둘에게 가야 하는 것 아닐까? 이 심연 계획은 어쨌든 망

해 가고 있잖아. 내가 시케이다 벌집으로 날아가서 그 둘을 구해야 하는 것 아닐까?

하지만 어떻게? 나한테는 불이 이렇게 많지만, 불로 뭘 해야 할지 모르겠어. 불꽃비단실로 와스프를 둘의 머릿속에서 꺼낼 수는 없잖아. 이것 말고 나한테 또 뭐가 있지?

"이렇게 오랫동안 투명하게 지내니까 이상하지? 조용할 때면 어느 순간 완전히 혼자가 된 기분이 들어. 모두가 사라지고 아무도 없이 둥실둥실 떠다니는 유령이 된 기분이야. 너도 그래?"

크리켓이 말했다. 평소보다 가라앉은 목소리였다.

"음, 약간은."

루나가 망설이며 말했다.

루나는 머뭇거렸지만 호기심이 이겼다.

"그런 기분이 들 때 넌 뭘 해?"

"널 만나러 왔지. 물론, 스카이랑 불프로그랑 렌도 도움이 되긴 해. 하지만 어떤 이유에서인지 나한테는 네가 가장 진짜처럼 느껴져. 우리 둘이 이곳 출신이어서 그럴까?"

크리켓이 씁쓸하게 대답했다.

"흐음."

루나가 말했다. 그 말에 뭐라고 대답해야 할지 딱히 떠오르지 않았다. 크리켓이 벌집날개의 얼굴 없이 목소리만으로 이야기하니 상대하기가 오히려 편했지만, 딱히 그 목소리가 위로가 되지는 않았다.

크리켓이 말을 이었다.

"그리고 때로는 눈을 감고 느껴지는 것에 집중하려고 노력해. 내 발톱에 걸리는 젖은 모래의 감촉을 느껴. 바다에서 불어오는 바람에 내 날개가 살짝 뜨는 느낌이라든지. 난 아직여기 있어, 정말로 존재해, 나는 이 세상에서 이 용의 몸속에존재해. 무슨 말인지 알지? 이해하겠어?"

루나는 심호흡하고 시각 이상의 감각을 동원해 보려고 노력했다.

내 비늘은 진짜야. 내 발톱은 진짜야. 난 아직 여기 있어.

"정말 도움이 되네. 거기다 내가 유령이었다면, 이 축축하고 비린내 나는 동굴보다는 나은 곳에 출몰했겠지."

잠시 후 루나가 말했다.

크리켓이 웃었다.

"난 도서관에 출몰했을 거야! 다른 용들의 어깨 너머로 책을 읽으려면 아주 답답하겠지만."

"나라면 미술관에 출몰할 거야."

루나가 꿈꾸듯 말했다. 정말로 유령이라면 루나는 하루 종일 아름다운 것들을 볼 것이다. 그러면서도 자신을 필요로 하는 용들과 해내야 하는 수많은 임무에 죄책감을 느끼지 않은 채 못된 용들을 그저 피할 수 있을 것이다.

하지만 난 진짜야. 난 진짜 루나야. 내가 어딘가로 흘러가게 둘 수 없어.

"이어윅이 잘 돌아갔을까?"

크리켓이 물었다. 그녀가 발톱으로 모래밭에 모양을 그리자 파인 자국이 나타났다. 크리켓은 섬을 떠나기 전에 정신을 잃은 벌집날개 병사들을 어떻게 처리할지를 두고 썬듀와 싸웠다.

"우린 저 병사들을 도울 수 있어. 이어윅은 여기서 길을 잃었어. 저 벌집날개 다섯 마리 모두가 그래. 우리가 잎사귀 같은 것에 지도를 그려 줄 수 있어. 그냥 여기서 판탈라까지 돌아가는 안전한 섬 길만 표시해 주면 되잖아. 전체 지도가 아니고. 그냥 이어윅을 집으로 돌아가게만 해 주자."

크리켓은 이렇게 주장했다.

"우리랑 다시 마주쳤을 때 와스프 여왕의 군대에 용 다섯 마리를 보태 주자고? 우리를 해칠 수 없게 여기에 처박아 두는 게 뭐 어때서?"

썬듀는 이렇게 말했다.

"그야 저 용들도 어쨌든 용이니까 그렇지. 여기까지 와서 우릴 공격한 건 저 용들의 선택이 아니야. 깨어나면 겁에 질린 채 집으로 돌아가고 싶어 할 거야. 우리가 도와줄 수 있잖아."

크리켓이 지적했다.

"썬듀, 우린 지금 떠나야 해. 아니면 일행을 놓칠 거야. 말다툼할 시간이 없어."

링크스가 머리 위에서 공기에 작은 얼음 결정을 뿜으며 말했다.

"좋아…… 마음대로 해. 난 실수라고 생각하지만, 시간을 들이고 싶다면 그렇게 해."

썬듀가 크리켓에게 말했다.

그런 다음 썬듀와 링크스는 루나에게 지도를 맡기고 먼저 떠났다.

루나는 누구 말이 맞는지 알 수 없었다. 본능적으로는 썬듀를 믿고 싶었다. 하지만 크리켓이 블루라면 벌집날개들을 돕고 싶어 할 거라고 말했고, 불행히도 그 말은 사실이었다. 블루라면 절대로 길 잃은 벌집날개들을 두고 떠나지 않았을 것이다.

그래서 루나는 불꽃비단실로 넓적한 나뭇잎을 조심스럽게 태워 지도 사본을 만들었다. 벌집날개들을 집으로 데려다 줄 부분만 골라서. 크리켓의 메모도 덧붙였다.

판탈라로 돌아가는 길이에요. 행운을 빌어요.

-당신들의 자유를 바라는 친구들이

그런 다음, 둘은 지도를 이어윙의 발밑 모래에 묻어 두었다. 루나는 그들이 옳은 일을 한 것이기를 바랐다. 와스프 여왕이 이어윙을 죽도록 내버려 두었을 때 다른 누군가는 이어윙을 도우려 했다는 사실을 기억하기를 바랐다.

루나는 자신이 너무 오래 생각에 잠겨 크리켓의 질문에 대답하지 않았다는 걸 깨달았다.

"분명 돌아갔을 거야. 크리켓, 넌 정말 착한 벌집날개가 있다고 생각해? 가능하다면 우리를 도울 벌집날개가?"

크리켓의 표정이 보이지 않아서 다행이었다. 루나는 며칠이나 이 질문을 생각해 왔기에 자신이 이 말을 실제로 불쑥 내뱉었다는 걸 믿을 수 없었다.

긴 침묵이 흐른 뒤 크리켓이 조용히 말했다.

"그랬으면 좋겠어. 일단은 케이티디드가 있어. 내 생각엔 우리 아빠도 그럴 것 같고. 아직 아빠를 만나 본 적은 없지만 스캐럽 부인이 아빠를 좋아하셨거든. 와스프의 앞발에서 벗어나는 순간 아빠가 좋은 용이었다는 게 밝혀지면 좋겠어. 하지만 그때 벌집날개들이 어떤 모습일지 장담할 수는 없겠지.

난 그냥 내가 어떤 편에 서고 싶은지 알 뿐이야. 난 너와 블루 편에 서고 싶어."

우린 최대한 많은 동맹이 필요해.

루나는 다시 떠올렸다.

전에는 크리켓도 우리에게 도움이 되는 행동을 하나도 하지 않았어. 하지만 크리켓도 우리처럼 새끼 용일 뿐이야. …… 어쩌면 지금이 첫 번째 기회일지 몰라.

크리켓도 나랑 똑같은 기분일까. 상황을 바꾸고 싶지만 방법을 모르는 걸까.

"예를 들어서 블루나 벌집날개들 중 하나만 구해야 한다면? 너희 가족이라든지?"

루나가 물었다.

"블루를 구할 거야, 생각할 것도 없어. 확실히 말할게, 루나. 블루는 이 세상에서 내가 가장 좋아하는 용이야. 최고로 좋아하는 용. 난 블루 같은 용이 존재하는지도 몰랐어. 내가 블루를 그리워하지 않는 것처럼 보인다면 늘 울지 않으려고 열심히 노력하기 때문이야. 지금 난 날개가 잘려 나간 것 같아. 하지만 계속 나아가야 한다는 걸 알아. 아무리 날개뿌리만 남았어도. 난 블루에게 이런 일이 벌어진 채로 놔두지 않을 거야."

크리켓이 말했다.

루나는 **모든** 감정을 나눌 준비가 되어 있지 않았다. 그 많은 용들 중에서 하필 벌집날개가 마음을 열고 심장 조각을 전부 꺼내 모래밭에 이런 식으로 뿌려 둘 줄은 몰랐다. 루나는 그 감정들을 다시 쑤셔 넣고 크리켓을 비단으로 감싸고 싶었다. 그래야 다시 정상적으로, 지금 여기서 누구도 울음을 터뜨리기 직전은 아닌 것처럼 행동할 수 있을 테니까.

대단히 마음이 놓이게도, 실랑이하는 소리가 동굴 깊숙한 곳에서 들렸다. 루나는 소리 나는 쪽을 돌아보았다. 바위 위로 축축하고 작은 인간의 발자국이 타박타박 다가왔다.

"뭔가 찾은 것 같아. 이곳 인간들을 찾을 방법인지도 몰라."

렌의 목소리가 숨 가쁘게 말했다.

"정말? 인간들을 봤어?"

벌집날개가 소리쳤다. 크리켓이 앉아 있던 곳에서 모래와 빗방울이 소용돌이치듯 일었다.

"아직 사람을 본 건 아니야. 하지만 인간이 쓸 만한 크기의 한쪽 끝이 탄 횃불을 봤어. 횃불은 커다란 동굴에 있었는데, 그 동굴에는 바깥으로 이어지는 통로가 최소 두 개는 있었어. 용은 들어가지 못할 크기야. 그 사람들을 찾아봐야겠다는 생각이 들어. 단지 스카이한테 먼저 알려 주고 싶었어."

렌이 말했다.

"스카이는 불프로그랑 해변에서 거북을 찾고 있는 것 같던데."

루나가 말했다.

"아아, *스카이.* 얼마나 불프로그를 정신없게 만들었길래 그렇게 된 거야?"

렌이 웃으며 말했다.

렌이 그들을 찾으러 빗속으로 나간 동안 루나는 머릿속 안개를 떨쳐 버리는 데 집중했다. 마침내 그들에게 앉아서 기다리는 것 말고 *할* 일이 생겼다. 일행에게는 '해 보자, 상황을 바꿔 보자, 차이를 만들어 내는 거야.'라며 기운을 북돋아 줄 루나의 에너지가 필요했다.

어서, 내 안에 그런 면이 있다는 건 알잖아.

보이지 않는 날개가 축축한 물방울을 털어 폭포수를 일으키며 동굴로 들어왔다. 렌의 화난 목소리가 끽끽거리며 인간어와 용의 언어가 섞인 둘만의 언어로 스카이에게 엄한 말을 했다.

"인간을 보면 좋겠다. 썬듀가 전에 이 아래에서 인간을 본 적이 있다고 했는데…… 혹시 같은 동굴인가?"

크리켓이 말했다.

렌의 발자국이 지난 이틀 밤 동안 불을 피워 둔 자리로 타박타박 걸어갔다. 기다란 장작 하나가 공중으로 떠올랐다.

"루나든 불프로그든 여기에 불 좀 붙여 줄래?"

"내가 할게."

루나가 말했다. 루나는 장작 끝에 앞발을 대고 발목에서 금색으로 꼬인 불꽃 실을 뽑아 나무를 휘감았다. 비단실이 잠시 가느다란 실 모양으로 타다가 횃불 끝까지 번져 주황색 불꽃이 되었다.

"고마워, 루나. 자, 다들 날 따라오면 돼. 하지만 인간이 보이면 겁주지 마! 물론, 인간이 우리를 보거나 우리 소리를 듣지는 못할 테지만, 뭔가에 불을 붙이거나 인간을 집어 들려고 하지 말라고. 예를 들어서 실수로 인간의 머리 위에 바다처럼 엄청난 물을 쏟아 버린다거나."

렌이 말했다.

"너, '실수로'라는 말이 무슨 뜻인지는 **아는** 거야?"

스카이가 물었다.

횃불이 동굴 뒤쪽으로 움직이자 스카이의 목소리가 그 뒤를 따랐다. 둘은 애정을 담아 티격태격했다.

나랑 소드테일 같네.

루나가 생각했다. 지금까지 3년 동안 루나는 소드테일과 한 쌍이었다. 루나와 소드테일, 소드테일과 루나. 소드테일이 없으니 너무도 이상하고 끈이 떨어진 기분이었다. 베틀에 묶여 있지만 태피스트리에는 들어가지 못하고 남은 헐거운 비단실 가닥처럼.

햇불이 앞에서 떠가며, 지하의 더 깊고 어두운 미로로 이어지는 구불구불한 통로로 일행을 안내했다. 마침내 햇불은 어떤 아치 근처에서 멈추었다. 더 큰 동굴로 연결되는 곳이었다.

"좋아, 다들. 쉿."

렌의 목소리가 햇불 근처에서 들렸다.

"왜? 우린 보이지 않고 들리지도 않잖아? *랄랄라*, 내가 하루 종일 노래를 불러도 아무한테도 방해가 안 될걸!"

스카이가 목소리를 전혀 낮추지 않고 말했다.

렌이 말했다.

"*우리한테* 방해가 되잖아. *나한테* 방해가 돼! 그리고 조용히 하라는 건 내가 말을 하고 있기 때문이야. 여기가 그 동굴이야. 우리가 다가온다는 걸 인간들에게 들키면 안 되니까 햇불은 여기 두고 갈게. 저 안에 지금 혹시 누가 있을지도 모르니까."

타오르는 장작이 벽으로 둥실둥실 떠갔다. 렌은 장작의 한쪽 끝을 바위틈에 끼웠다.

"절대 아무것도 건드리지 마. 인간들이 돌아왔다가 눈치채고 겁나서 도망치지 않게."

"인간이 정말 그렇게 똑똑한가?"

불프로그가 미심쩍다는 듯 물었다.

루나는 목소리만 듣고도 렌이 인상을 찡그리고 있다는 걸 알았다.

"불프로그, 내가 인간이라는 건 기억하는 거지?"

작은 인간이 반박했다.

"그래, 그냥…… 너는 좀…… 다르다고 생각했다. 미안."

불프로그가 웅얼거리며 말을 맺었다.

"렌이 특별한 건 **사실이야.** 근데 알고 보니 인간은 **실제로** 꽤 똑똑하더라고. **거의** 거북만큼 똑똑해!"

스카이가 밝게 말했다.

"도움 안 돼, 스카이."

둘의 목소리가 동굴 속으로 멀어졌기에 루나는 조심스럽게 앞으로 나섰다. 앞서가는 크리켓의 꼬리가 스치는 게 느껴졌다. 이곳은 해변 쪽 동굴보다 더 크고 거대한 공간이었다. 시케이다 벌집의 시장보다도 컸다. 바위가 용의 이빨처럼 바닥과 천장에서 솟아 나왔다. 일부는 배배 꼬인 기둥처럼 서로를 감고 있었다. 어둑한 햇빛과 천장의 몇몇 균열에서 흘러나온 빗방울이 울퉁불퉁한 벽을 따라 쏟아져 반대편에 얕은 웅덩이를 이루었다.

루나는 평소처럼 이 공간을 태피스트리라고 상상하며 기억 속에 집어넣었다. 잿빛 그림자와 흘러내리는 듯한 황금빛 색조들을 어떤 색깔 비단실로 표현할까 떠올려 보았고, 종유석의 크기가 동굴이 얼마나 멀리 뻗어 있는지 느끼게 해 줄 거라고 생각했다.

루나는 앞발을 오므려 그 안에 불꽃비단실을 쏟아 넣었다. 빛은 나지만 화상은 일으키지 않는 실을 골랐다. 아버지는 루나와 보낸 짧은 반나절 동안 다양한 종류의 불꽃비단실에 대해 알려 주었다. 많은 걸 가르쳐 준 건 아니지만, 루나는 저 보아의 해변에서 지내는 동안 연습할 시간이 너무 충분했기에, 지금은 다섯 종류의 불꽃비단실을 뽑을 수 있었다.

비단실은 루나 근처를 황금빛으로 밝혔다. 루나는 그림자 속을 더 분명히 볼 수 있었다. 그러나 루나가 다른 무언가에 불을 붙이지 않는 한 다른 용들이나 동굴 안의 인간들에게는 빛이 보이지 않을 터였다.

"이게 내가 찾은 횃불이야."

렌이 루나의 오른편 벽을 반쯤 올라간 곳의 돌출부에서 외쳤다. 한쪽 끝이 그을린 장작이 허공에서 움직였다. 불이 붙을 수 있게 뭔가를 감아 두었던 것처럼 너덜너덜한 검은 천이 장작에 매달려 있었다.

"봐, 근처에 구멍이 있어. 이 구멍은 다른 동굴로 이어지고. 내가 들어가서 뭐가 있는지 볼게. 너희는 여기서 단서를 더 찾아봐."

"그게 좋은 생각일까? 몸을 욱여넣으면 나도 너랑 같이 갈 수 있지 않을까?"

스카이가 긴장해서 물었다.

"넌 문어가 아니야, 이 걱정쟁이야. 그건 절대……."

렌이 말했다.

루나는 둘이 말다툼하게 두고 동굴 더 깊은 곳으로 들어가며 어두운 구석을 모두 살폈다. 렌이 왜 이곳에 호기심을 느꼈는지 알 것 같았다. 사방에 구멍과 동굴일지 모르는 통로들이 있었다. 작고 연약한 종족에게 딱 맞는 크기였다. 용이 들어왔을 때 렌 크기의 무언가가 벽 틈새로 사라지기 무척 쉬워 보였다.

심연이 인간 크기의 동굴 아래 있으면 어쩌지? 용들은 닿을 수 없을 만큼 깊이 파묻혀 있으면?

루나는 걱정했다.

루나는 동굴의 맨 뒤쪽 벽에 이르러 작은 구멍을 들여다보다가 머리 위에서 희미하게 부스럭거리는 소리를 들었다.

루나는 물러서서 불꽃비단실을 들어 올려 위쪽 바위 돌출부를 살폈다. 더 위쪽, 햇살이 비스듬하게 들어오는 곳에서 뭔가 움직였다.

그냥 벽의 틈새라고 생각했던 곳에서 눌려 있는 거미를 발견했을 때처럼 갑작스러운 공포가 몰려왔다. 루나는 헛숨을 내쉬며 뒤로 휘청거리다가 자기 꼬리를 밟을 뻔했다.

빛이 들어오는 저 위쪽 돌출부에 납작하게 몸을 대고 있는 것은 머리에 덥수룩한 검은 털이 난 창백하고 약해 보이는 동물이었다.

첫 번째 판탈라 인간을 찾았다.

~*7*~

보이지 않는 용들이 이상한 인간을 발견한 돌출부 근처에 바짝 모여 서 있었다. 불프로그가 계속해서 루나의 발을 밟는 것도 이상한 일은 아니었다.

"이거 **놀랍다.** 저 녀석은 도망치거나 그러지 않네! 오랫동안 구경할 수 있겠어! 얼마나 귀여운지 좀 봐. **너무** 귀엽지 않아? 걱정하지 마, 렌. 너도 귀여워."

크리켓이 900번째로 말했다.

"난 전혀 귀엽지 않아."

렌의 목소리가 저 위, 인간 근처에서 들려왔다. 렌은 낯선 존재를 살펴볼 수 있도록 스카이에게 자기를 돌출부로 올려

달라고 했다.

"쟨 뭘 하는 걸까? 책을 읽는 거야? 뭔가 보고 있는 것 같지 않아?"

크리켓이 물었다.

"내가 이런 말을 해도 너무 흥분하지 마. 저 인간은 일반 책과 용 크기 책을 비교하고 있는 것 같아."

렌이 말했다.

크리켓이 헛숨을 삼켰다. 루나는 자신의 날개가 공중에서 퍼덕거리는 걸 느꼈다.

"아니면 두 책을 동시에 읽고 있거나. 근데 그건 불가능할 거야. 물론, 저 인간이 용 책의 그림을 아주 자세히 들여다보고 있긴 하지만 실제로 내용을 읽지는 못할 거라는 얘기야."

렌이 말했다.

"용의 책을 어디서 *구했지?* 어떤 책일까? 인간 크기의 책은 무슨 내용이고?"

크리켓이 불쑥 물었다.

"나도 몰라."

렌이 대답했다. 바위벽 너머 멀찍이 떨어진 곳에서 어떤 소리가 들려왔다. 낯선 인간은 갑자기 일어나 앉아 그쪽을 보았다. 소리가 다시 들렸다. 놀랍게도 인간은 용의 한숨 같은 숨을 내쉬면서 책을 덮어 일종의 꾸러미로 만들더니 두 개의 마른 바위 사이에 안전하게 넣어 두고, 루나는 발견도 못 했던 작은 구멍 사이로 빠르게 달려 사라졌다.

"아아, 안 돼! 왜 떠난 거지?"

크리켓이 소리쳤다.

"누가 불렀나 봐. 내가 따라가서 어디로 갔는지 봐야겠어. 곧 돌아올게!"

렌이 말했다. 렌이 돌출부로 뛰어내렸는지 작게 쿵 소리가 났다. 렌도 사라졌다.

"렌?"

스카이가 긴장해서 소리쳤지만 렌은 대답하지 않았다. 땅굴 위쪽에서 코를 쿵쿵대는 소리가 들렸다. 스카이가 구멍에 주둥이를 바짝 대고 있는 모양이었다.

"인간이 두고 간 책들을 봐도 될까?"

크리켓이 물었다.

"안 돼. 우리가 망가뜨릴 수도 있어. 렌이 인간한테 들킬 수도 있으니 아무것도 건드리지 말랬잖아, 기억하지?"

루나가 말했다.

크리켓은 답답한 듯 소리쳤지만 이렇게 말했다.

"아아아악, 네 말이 맞아. 렌이 돌아오면 우리 대신 꺼내 줄 수 있을지도 모르니까."

렌은 오래, 오래 떠나 있었다. 결국 불프로그가 나가서 모두가 먹을 음식을 찾아보기로 했다. 루나는 모든 구석을 샅샅이 알 수 있을 정도로 동굴을 돌아다녔다. 루나는 스카이와 몇 차례 부딪혔다. 스카이도 같은 행동을 하고 있는 듯했다. 아마 크리켓도 그랬겠지만, 둘보다 솜씨가 좋았다.

블루가 자기 짝을 만났는데 그 용이 지나치게 감정을 드러내고 인간과 책에 집착하는 벌집날개라니 참 이상해. 내가 상상했던 블루의 짝이 아니야.

둘을 위해서 결혼식 태피스트리를 만들 수 있을까? 둘의 색깔이 완전히 부딪힐 텐데.

아니, 아니야.

루나는 인정했다. 직물 짜기에 관해서는 자신을 속일 수 없었다.

새파란 하늘색, 연보라색, 주황색과 황금색, 검은색. 그래, 분명 예쁘겠지.

루나는 갑자기 놀라운 생각을 떠올렸다.

우리가 어떻게든 세상을 구했는데, 썬듀나 마법의 발찌를 찾지 못하면 어쩌지? 영원히 투명한 존재로 남으면?

블루와 소드테일은 보이지 않는 여자 친구와 사는 법을 배

위야 할 것이다.

사실 그건 쉬울지도 몰라. 종족을 뛰어넘어 서로를 좋아한다는 이유로 아무도 블루와 크리켓을 섣불리 판단하지 않을 테니까. 나도 크리켓을 볼 때마다 '악, 벌집날개다!'라고 생각하지 않아도 되고.

내가 크리켓을 목소리로만 만나고 크리켓의 비늘을 보지 못했다면 크리켓을 더 좋아했을까?

루나는 소드테일을 처음 만난 날을 떠올렸다.

나라면 소드테일이 어떤 모습이든 어떤 부족 출신이든 상관하지 않고 소드테일에게 반했을 거야. 아닐까?

그날은 루나가 누에 전당에 처음 간 날이었다. 루나의 머릿속에서 그날은 햇볕 쨍쨍한 아침으로 시작됐다. 루나는 드디어 학교에 가게 되어 **매우** 신났다. 학교에서는 글 읽는 법, 베짜는 법, 법이 작동하는 방식, 크고 나이 든 못된 용들의 "원래 그런 거야, 루나." 하는 말들의 이유와 그들이 루나의 말을 듣게 할 방법을 배울 수 있을 테니까.

하지만 벌집에 들어서자마자 모든 것이 잘못되기 시작했다. 경비병들은 루나의 앞발에 학교 이름이 새겨진 금속 족쇄를 거칠게 채웠다. 족쇄가 예상 밖으로 너무 무거워서 루나는 소리를 질렀고, 족쇄를 채우던 벌집날개는 루나를 비웃었다.

"너처럼 칭얼대는 꼬마 애벌레를 받아들이게 되다니 누에 전당도 안됐군."

경비병이 식식거렸다.

"칭얼대는 거 아니에요. 이렇게 무거우면 안 되는 것 같은데 요!"

루나가 씩씩거렸다. 블루가 옆구리를 찔러도 무시했다.

"원래 그런 거야. 가."

벌집날개는 딱 잘라 말했다.

안개를 들여보내지 마. 못된 용 한 마리가 하루를 망치게 놔두 지 마.

루나는 자신에게 명령했다.

하지만 누에 전당을 운영하는 용들 역시 친절하지 않았다. 선생 중에는 비단날개도 몇 마리 있었지만 관리직은 전부 벌 집날개였다. 입구에는 가시 돋친 경비병들이 서 있었고, 벽은 두껍고 창문도 없었다. 햇빛이 전혀 들지 않았다. 학생들은 맥이 빠진 채 조용히 좁다란 복도에서 몰려다녔다. 루나는 블 루와 분리되어 다른 시간표를 받았다. 선생들이 루나에게 앉 으라고, 조용히 하라고, 질문하지 말라고, 꼬리를 집어넣으라 고, 조용히 먹으라고, 말할 때는 허락을 받으라고 쏘아붙였다 (허락은 절대 떨어지지 않았다).

쉬는 시간에 루나는 살면서 느껴 본 최악의 슬픔에 사로잡혔다. 그러나 학교에서는 차마 울 수 없으며, 정문으로 탈출해 안전한 그물로 돌아가 봐야 더 큰 곤란에 빠질 뿐이라는 걸 잘 알았다. 하지만 발목이 아프고 가슴이 아팠다. 남은 하루를 버틸 수 있을지 자신이 없었다.

'쉬는 시간'은 시케이다 벌집 옆의 탁 트인 발코니에 서 있거나 그곳을 돌아다닌다는 뜻이었다. 지루했지만 최소한 햇빛과 바람이 있었다. 루나는 폐에 집어넣을 수 있는 만큼 공기를 가득 들이마시려 애썼다.

"가장자리에 너무 가깝지 않냐?"

나이 많은 누군가의 목소리가 으르렁거렸다. 루나가 돌아보니 사바나를 내다보는 학생에게 벌집날개 경비병이 다가가고 있었다. 작은 비단날개는 발코니 난간에서 그렇게 가깝지도 않았다. 그는 혼란스러운 듯 눈을 깜빡이며 벌집날개를 올려다보았다.

"저요?"

그가 새된 목소리로 말했다. 비늘은 연분홍색과 라임색이 섞여 있었고 날개뿌리 안쪽에는 더 짙은 장밋빛이 감돌았다. 루나는 그와 수학 수업을 같이 들었다. 루나의 기억이 맞는다면 그의 이름은 글라이더였다.

"위험해 보인다, 벌레야."

벌집날개가 히죽거리며 날개 없는 새끼 용을 위압적으로 내려다보았다. 글라이더는 조금씩 물러났고, 경비병은 글라이더에게 다가갔다. 이제 몇 발짝만 더 물러나면 발코니 가장자리였다.

"날개가 없으니 난간 너머로 떨어질 수도 있겠어. 얼마나 멀리까지 떨어질지 *생각해* 봐라. 마지막에 엄청난 철썩 소리가 날 거다."

"저는 그, 그…… 그럴 생각이 어, 없는데…… 이제 제, 제발 안으로 들어가도 될까요?"

글라이더가 말을 더듬었다. 벌집날개 경비병이 그를 뒤로 몰아가는 동안 글라이더는 위험을 무릅쓰고 뒤를 힐끗 보았다. 발코니 난간은 학생들의 날개뿌리 높이밖에 되지 않았다. 건물을 다 짓고 나중에 생각나서 덧붙인 듯한 모습이었다.

'아, 그래. 비단날개 새끼 용들에게는 날개가 없지. 그 녀석들의 안전에 신경 쓰는 척은 해야겠지만, 크게 관심은 없으니 이 일에 나무밥을 너무 낭비하지는 말자.'라는 식으로.

그 난간 너머로 떨어지거나…… 혹은 밀어 버리는 것도 그리 어렵지 않아 보였다.

"우리는 매년 최소 한 마리의 새끼 용을 잃는다. *조심하지*

않는 가엾고 멍청한 벌레들이지."

벌집날개가 가짜로 슬픈 목소리를 냈다.

벌집날개는 한 발짝 더 다가갔고 글라이더는 두려움에 신음했다.

"그만해요!"

루나가 말했다. 루나는 자신의 목소리가 주변의 비단 안개를 가르는 걸 듣고 놀랐다. 작고 환한 분노의 불꽃이 루나의 슬픔에 구멍을 내는 것 같았다.

"왜 그렇게 못되게 구는 거죠? 일부러 글라이더에게 겁을 주는 거잖아요!"

비단날개 학생들이 겁에 질려 눈을 휘둥그렇게 뜨고 루나를 보았다. 벌집날개가 꼬리를 휙 내리쳤다. 꼬리에서 위험해 보이는 침이 번뜩였다. 경비병은 천천히 고개를 돌려 루나를 노려보았다.

"목소리를 가진 벌레라니. 역겹군. 아무도 너한테 네 신분을 가르쳐 주지 않은 모양이구나?"

경비병이 식식댔다.

"**당신**한테는 기본적인 품위를 가르쳐 준 용이 없었나요? 심장이 있는 용이 되는 방법이라든지요? 당신이 들은 수업에서는 당신보다 작은 용에게는 독이 든 진흙처럼 굴어도 된다고 가르쳤나요?"

루나가 물었다.

나머지 학생들이 귀에 들리도록 헛숨을 들이켰다. 그들은 최대한 빠르게 스르륵 멀어져 갔다. 벌집날개가 루나에게 다가오며 악의적으로 꼬리를 치켜들었다. 글라이더는 난간에서 슬쩍 멀어져 학교 안으로 달려갔지만 경비병은 알아차리지 못했다.

"떠버리 벌레들은 말썽꾼의 길에 가게 되지. 하지만 그 전에 내가 먼저 꼬리 독으로 너를 마비시켜야겠다. 꽤 아프다고 들었다."

벌집날개가 으르렁거렸다.

"아, 안 돼애애애애!"

발코니 저편에서 어떤 목소리가 외쳤다. 모두가 서둘러 비켜섰고 경비병이 그쪽을 휙 돌아보았다.

소리를 지른 새끼 용은 루나보다 약간 나이가 많아 보였다. 작은 흰색 삼각형 무늬와 그보다 큰 주황색 얼룩무늬가 더해진 짙은 푸른색 비늘의 용이었다. 그가 **발코니 난간 위에 서 있었다.**

"가장자리와 너무 가까워졌어! 조심하지 않았네! 그야말로 뇌가 없는 벌레처럼 *헤매고* 다니다가 *갑자기 이 난간에 오게 됐*

지 뭐야! 아 이런! 끔찍해라! 아마 난 **철썩** 떨어지겠지! 난 정말 멍청한 벌레야! 슬픈 날이구나! 가엾은 세상아, 소드테일이 없어지면 이제 어쩔래?"

그가 소리쳤다.

벌집날개 경비병이 그에게 눈을 부라렸다. 루나는 자기 얼굴에 어떤 표정이 떠올랐을지 상상할 수 없었다.

"누군가 나한테 처어어어얼썩 하는 것에 대해서 경고라도 해 줬다면! 총명한 벌집날개가 나한테 너는 날개가 없으니 높은 곳에서는 조심해야 한다고 일깨워 줬더라면! 아아, 이런, 슬프도다, 절망이로다!"

새끼 용이 울부짖었다.

"거기서 내려와! **당장** 내려와!"

벌집날개가 화가 나서 소리쳤다.

루나는 벌집날개의 눈에서 뭔가 이상하게 번뜩이는 것을 보고, 그녀가 글라이더를 가장자리로 밀어 버릴 생각은 없었음을 문득 깨달았다. 벌집날개는 그들을 겁주고 그들에게 힘을 증명하고 싶었던 것이다. 하지만 새끼 용이 정말로 떨어진다면 그녀는 큰 곤란에 처할 터였다.

"여기서 *내려*오라고요? *어떻게요?* 어느 쪽으로 *가죠?* 저는 *너무* 멍청해서 혼자서는 방법을 생각할 수 없는데!"

소드테일은 완전히 황당하다는 표정으로 되물었다.

그는 비틀거리며 난간을 따라 걷다가 균형을 못 잡는 것처럼 다리를 버둥거렸다.

벌집날개가 그리로 달려가 소드테일을 안전한 바닥으로 확 잡아당겼다.

"무슨 장난이냐? 넌 즉시 교장 선생님께 가게 될 거다. ……너도!"

벌집날개가 루나를 향해서도 으르렁거렸다.

"길은 *네가* 알지?"

벌집날개는 소드테일을 노려보며 덧붙였다.

"알죠. 가자, 말썽쟁이야."

소드테일이 기분 좋게 말했다. 그는 한가로이 걸어와 씩 웃으며 루나의 옆구리에 부딪혔다.

루나는 발코니를 휙 둘러보았지만, 다른 용들은 애써 루나의 시선을 피했다. 왜 그중 누구도 글라이더를 위해 맞서거나 경비병의 괴롭힘을 멈추려고 애쓰지 않았을까? *모두* 너무 겁에 질렸던 걸까?

진한 파란색 새끼 용은 앞장서서 학교로 들어가 몇 층 정도 내려가다가 인적 없는 복도에 멈춰서 자리에 앉으며 루나에게 씩 웃었다.

"진짜 **미쳤다.** 넌 **또라이야.**"

그가 말했다.

"내가!?"

루나가 항의했지만, 마주 떠오르는 미소를 참을 수 없었다.

"사바나의 비단날개 팬케이크가 될 뻔했다고! 네 태도를 보고 그 경비병이 널 밀지 않은 게 놀라워. 경비병들이 나한테는 익숙해지고 있거든. 하지만 **첫날에** 경비병에게 소리를 지르다니! 둘째 날 계획은 뭐야? 벽 전체에 나무 그리기? 아니, 잠깐…… 점심시간에 와스프 여왕을 상대로 반란을 선포하기?"

소드테일이 어깨를 으쓱하며 말했다.

그러나 재빨리 "농담이야. 그러지 마. 그러니까, 최소한 닷새는 기다리라고."라는 말을 덧붙인 걸 보면 소드테일은 루나의 표정에서 뭔가를 본 게 틀림없었다.

루나는 키득거리며 누에 전당에 들어온 이후로 기분이 가장 가벼워졌음을 깨달았다.

"반란을 **선포하는** 건 시작으로 좋은 방법이 아니야. 내 반란은 그보다 은밀할 거야. 사실, 내가 방금 너를 끌어들였는데 넌 눈치도 못 챘어."

루나가 말했다.

"진짜? 내가 지금 비밀 반란군을 이끄는 거야?"

소드테일이 말했다.

"아니, 아니. *내가* 이끄는 거지. 너는 코미디로 긴장을 풀어 주는 역할이야."

루나가 말했고, 소드테일이 웃었다.

"그런 것 같네. 그건 그렇고, 내 이름은 소드테일이야."

"아, 알아. 이 가엾은 세상이 너무도 끔찍하게 그리워할 용이지. 아주 극적이던걸. 난 루나야."

"만나서 짜릿하다, 루나. 이제야 나의 반만큼이라도 말썽을 일으킬지 모르는 용을 만나서 너무 신나."

소드테일이 고개를 숙였다.

"말이 나와서 말인데, 우리 교장 선생님한테 가야지."

루나가 한숨을 쉬며 말했다.

"그러지 말고 그냥 갔었다고 말하자. 우리가 실제로 교장실에 갔는지 경비병들은 절대 확인하지 않아. 그냥 우리를 자기 발톱에서 떼 버리고 싶은 거야. 너 아직 미술실 못 봤지?"

소드테일이 말했다.

"미술실?"

루나가 되물었다. 기분이 천장까지 솟아올랐다.

"내가 하루 중 가장 좋아하는 시간이야. 너도 기대하고 있을 거라고 생각했어."

"맞아. 꼭 데려가 줘."

루나는 소드테일을 따라 모퉁이를 돌고 탁 트인 문을 지나 직물로 뒤덮인 거대한 방으로 들어갔다. 베틀이 방 전체에 설치되어 있었는데, 대부분 작은 무지개와 흰 덩굴을 루나에게 흔들어대는 미완성의 작품이었다. 이곳에도 창문은 없었지만, 한쪽 벽 전체가 거대한 하늘 그림으로 덮여 있었다. 황금색 구름과 햇빛과 수백 마리의 용들이 날아가는 모습을 담은 밝은 파란색 천이었다. 날아가는 용은 대부분 비단날개였다.

루나는 하늘 그림으로 다가갔다. 숨을 쉴 수가 없었다. *이것이* 루나가 하고 싶은 일이었다. 용의 마음을 치유할 수 있을 만큼 아름다운 작품을 만드는 것. 루나는 자신의 앞발과 비단실을 이용해 햇빛만큼 강력한 태피스트리를 짜고 싶었다. 자신의 예술이 다른 용들에게 닿아 그들에게 구름 위를 걷고, 날개를 펼쳐 계속 날아갈 이유를 주고 싶었다.

태피스트리는 가능성 있는 세상이었다. 이 속에서는 모든 비단날개가 자유로웠다. 루나는 알았다. 온몸의 비늘로 그 사실을 느꼈다. 벌집날개들은 보고도 모르겠지만, 루나는 이것이 자신이 꿈꿔 온 세상이라는 걸 알았다.

"클로린드 선생님 작품이야. 미술 선생님이야. 비단날개 선생님이기도 하지."

소드테일이 말했다.

"놀랍다."

루나가 존경심을 담아 말했다.

"거의 내 것만큼 좋아."

소드테일은 가슴을 부풀리고 당당하게 전시대로 걸어가며 말했다. 그곳에는 작은 파란색과 주황색 태피스트리가 걸려 있었다. 거미가 실에 걸려 미쳐 날뛰면서, 억센 배경에 흰 지그재그 무늬를 남긴 듯한 모습이었다.

"어, 아. 아주, 음."

루나가 말했다.

"이걸 못 읽는 용들이 있다니 믿어져?"

소드테일이 지그재그를 쿡 찌르며 말했다.

루나는 눈을 가늘게 뜨고 보았다.

"그게 글자야?"

루나가 물었다.

"**소드테일**이라고 적혀 있잖아. *아주 선명하게.*"

소드테일이 화를 내며 말했다.

"아, 그러네. 선명하네."

루나가 동의했다. 루나는 베틀을 만져 보았다. 발톱이 베를 짜고 싶어 근질거렸다.

"난 언제부터 베 짜기를 시작할 수 있어?"

"아마 오늘부터 할 거야. 매일 듣는 수업 중 하나거든. 우리가 잘하는 몇 안 되는 것 중 하나가 베 짜기잖아. 그러니 베 짜기를 잘 배워야 할 거야. 다행인 건 클로린드 선생님이 훌륭하시다는 거지. 벌집날개들한테는 말하지 마. 그럼 그분을 데려가 버릴 거야. 날개 없는 새끼 용들이 재미나 즐거움을 느끼게 놔둬서는 안 되니까."

소드테일이 말했다.

"*너무* 싫어. 왜 그런 식이야? 왜 벌집날개들은 우리가 비참해지기를 바라지? 왜 우리가 어느 학교에 갈지, 뭘 공부할지, 어떤 선생님한테 배울지, 교실에 **창문**을 만들지 말지를 우리가 결정할 수 없는 거야? 세 달을 걸고!"

루나가 불쑥 말했다.

"나도 몰라. 언제나 그래 왔기 때문일까?"

소드테일이 진심으로 루나를 보며 말했다.

"아니. 나무 전쟁 이전에는 이렇지 않았어."

루나가 말했다.

"워어. 너 오늘 처음 학교에 온 거 아냐? 어떻게 나보다 역사를 많이 알아?"

"내가 잠자리에 들고 나서 엄마들이 하는 말을 듣거든. 비단날개에게는 우리만의 여왕이 있었고 나무 사이의 그물 속에 우리만의 도시가 있었대."

"흠. 그러다가……."

"그러다가 와스프 여왕이 나무를 모두 쓰러뜨리고 잎날개를 전부 죽인 뒤, 우리더러 햇빛도 들지 않는 이 흰개미 무덤에 들어와 살면서 벌집날개들이 시키는 것만 하라고 한 거야. 웬 멍청한 옛날 예언서 때문에."

"하! 너, *진짜* 골칫덩어리가 되겠구나?"

"그래도 상관없어. 난 벌집날개도 자기들이 얼마나 끔찍한지 알아야 한다고 생각해. 우리는 모든 걸 바로잡을 방법을 생각해 내야 하고."

"좋아."

소드테일이 다가와 루나의 빈 베틀에 기대며 말했다. 그의 짙은 파란색 눈이 반짝였다.

"좋다니, 뭐가?"

"좋아, 나도 함께할게. 너랑 함께하겠어. 모든 것을 바로잡는 데 나도 끼워 줘."

그 생각을 떠올리자 루나는 마음이 불꽃비단실로, 그중에서도 가장 밝게 타오르는 실로 만들어진 기분이 들었다. 소드테일은 둘이 처음 만난 순간부터 루나의 편이었다. 그는 루나를 보호하기 위해 언제나 위험에 뛰어들었고, 루나가 벌집날개를 화나게 할 때마다 끼어들어 자기가 대신 벌을 받았다. 소드테일이 내는 소음이 루나가 남긴 흔적을 덮어 주고 루나가 번데기를 찾는 동안 벌집날개들의 관심을 붙잡아 두었다. 소드테일은 여러 번 말썽꾼의 길에 갔던 반면 루나는 한 번도 간 적이 없는 이유가 바로 그것이었다.

하지만 지금은 소드테일이 루나 곁에 없었다. 루나는 혼자였고 소드테일은 위험에 빠져 있었다.

슬퍼할 시간이 없어. 이미 문제가 이렇게 큰데, 내가 또 문제를 보탤 수는 없어.

루나가 한숨을 쉬었다.

루나는 몸속 시계로 밤이 한참 깊었다는 걸 알았다. 그때, 마침내 타박타박 돌아오는 발소리가 들렸다.

"렌? 렌, 렌, 렌, 너 괜찮아?"

스카이가 소리쳤다.

"당연하지. 나한테 무슨 일이 일어나겠어? 난 투명한데! 즉 그건 저 인간들에게 도와달라고 말하기도 어렵다는 뜻이야. 하지만 인간들을 엿보는 건 꽤 쉬웠어. 내려가게 도와줘."

렌이 인간의 돌출부에서 대답했다.

렌은 용들이 볼 수 있도록 물을 이용해서 바닥에 빠르게 지도를 그렸다. 벽 너머 몇 개의 땅꿀을 지나 인간들의 동굴 중앙으로 이어지는 길이었다.

"저기 사람이 엄청나게 많아. 실제로 내가 어린 시절에 살았던 탈리스만보다 큰 것 같아. 일종의 토끼 굴이라 알아차리기는 어렵지만. 베일러랑도 좀 비슷해, 스카이."

렌이 말했다.

"아, 이런. 여기 사람들은 아이비네 아빠보다 착했으면 좋겠다."

스카이가 말했다.

루나는 그들이 무슨 이야기를 하는지 알 수 없었다. 루나가 물었다.

"심연은 봤어?"

"아니, 내가 거기 있는 동안 심연 얘기를 하는 사람은 아무도 없었어. 이 사람들은 스노펄 여왕이 환시로 본 사람들이 아닐지도 몰라."

"네 말은…… 판탈라에 다른 사람들이 또 있을 거라는 얘기야? 동굴 마을이 더 많이 있을까?"

크리켓이 물었다.

"아마 그렇겠지. 열심히 찾아보기만 하면, 사실 우린 어디에

나 있거든. 당분간은 내가 이 사람들을 염탐하면서 심연에 대해 뭔가 말하는지 살펴볼게. 우리가 봤던 인간의 이름은 악솔로틀이야."

렌이 말했다.

렌은 인간어로 그 이름을 말했다. 루나는 용의 언어로 그 단어가 무슨 뜻일지 알 수 없었다.

"남자 인간이었어, 여자 인간이었어?"

스카이가 물었다.

"둘 다 아니었을걸? 둘 다인가? 그건 물어봐야 알지. 이 사람들은 단어로 남자, 여자를 구분하지 않아. 우리가 전에 만났던 그 여행하는 사서랑 비슷해, 스카이. 기억나지? 세이지 말이야."

렌이 말했다.

"아, 맞아. 그런데 **악솔로틀**이 뭐야?"

스카이는 루나보다 인간어를 잘 발음했지만, 용의 입에서 그 단어가 나오니 매우 이상하게 들렸다.

"일종의 동굴 도롱뇽이야. 마을에 몇 마리가 있었어."

렌이 설명한 동물은 루나가 잘 모르는 것이었지만, 잠시 듣더니 크리켓이 용의 언어로 말했다.

"아! **악솔로틀** 말이구나."

루나는 여전히 그게 뭔지 알 수 없었지만, 불프로그는 '아, 그거' 같은 소리를 냈다.

"악솔로틀이 어쩌다 용의 책을 갖게 됐는지 알아냈어?"

크리켓이 물었다.

"아니…… 다른 인간들에게는 비밀인 것 같더라. 내가 내일 다시 따라가 볼게. 누군가가 심연 얘기를 하면 더 좋고."

렌이 말했다.

일행은 큰 동굴에서 자기로 했지만, 루나는 바다를 마주 보는 동굴로 다시 기어 나가 춥고 축축하지만 그곳에서 밤을 보냈다. 친구들이 도착할지 모르니 그곳에 있고 싶었다. 악솔로틀과 동굴 마을을 발견한 것이 심연에 한 발짝 가까워졌다는 뜻이라면, 정말이지 그들은 썬듀와, 더 이상적으로는 문과 링크스와 모든 용들과 함께 있어야 했다.

루나는 깊이 잠들지 못했다. 계속 썬듀의 목소리가 들린다는 생각에 움찔하며 깼다. 하지만 그럴 때마다 들려오는 거라곤 해변의 파도 소리나 바위 위로 떨어지는 빗소리뿐이었다.

다음 날도, 그다음 날도 렌은 땅굴로 돌아가 판탈라의 인간들을 살폈다. 그 동안 악솔로틀은 두 차례 돌출부로 돌아왔다. 작은 인간이 그토록 오랫동안 용의 책을 들여다보는 걸 관찰하는 일은 매력적이었다. 크리켓은 악솔로틀이 인간 크기의 다른 책에 메모라도 하듯 뭔가 적고 있다고 지적했다.

"악솔로틀이 용의 언어를 번역하려고 노력하는 것 같아. 기발하지 않아? 난 우리 판탈라의 인간들이 머나먼 왕국의 인간만큼 똑똑할 줄 알았다니까! 악솔로틀은 저 책을 가지러 벌집에 몰래 들어갔을까? 그랬다면 악솔로틀이 정말 용감하다는 뜻일 텐데. 악솔로틀이 용을 어떻게 생각할지 궁금해. 우리를 좋아할까?"

크리켓이 루나에게 속삭였다.

셋째 날에는—여전히 썬듀와 링크스의 흔적은 보이지 않았다— 악솔로틀이 평소보다 일찍 도착해 한숨을 쉬며 지친 표정으로 자리에 앉았다. 적어도 루나는 그렇게 생각했다. 악솔로틀에게는 감정 상태의 힌트가 되는 축 늘어뜨릴 날개나 길고 힘 빠진 꼬리가 없긴 했지만. 루나의 친구들이 루나를 볼 수 있었다면 루나에게서 발견했을 법한 모습들 말이다. 몸이 투명하다는 건, 최소한 목소리만 행복하게 들리도록 유지하면 된다는 뜻이었다.

렌은 일행과 함께 아침을 먹었지만, 그들 모두 악솔로틀이 오는 소리가 들리면 조심스레 숨거나 음식을 게걸스럽게 삼켜 버렸다. 스카이는 렌을 들어 올려 호기심 많은 인간 옆 돌출부에 웅크리게 해 주었다. 악솔로틀은 용의 책을 꺼내 휙 펼치고, 인간에게만 있는 특유의 길고 가느다란 신체 부위로 페이지를 훑었다(그 부위는 발톱과 비슷했지만 전혀 위험하지 않았다).

"나무에 관한 책인 것 같아."

렌이 아래쪽으로 소리쳤다.

악솔로틀이 페이지를 넘기자 렌이 덧붙였다.

"잠깐…… 이 그림에서 나무들이 타고 있어."

"혹시 나무 전쟁의 역사일까?"

크리켓이 추측했다.

"우리 역사책에는 삽화가 없어! 우리 책에는 나무 그림이 들어가서는 안 됐다고."

루나가 심통을 내며 말했다.

루나는 최대한 가까이 다가가 고개를 늘여 책을 보려다가 크리켓과 스카이가 양옆에서 똑같이 하고 있다는 걸 느꼈다.

한순간 루나는 앞발에서 이상한 얼얼함을 느꼈다. 불꽃비단실 중 불이 덜 붙는 종류의 실이 발바닥 너머에서 맥동하는 듯했다. 루나는 실수로 불꽃비단실을 좀 풀어놓은 건 아닌지 확인하느라 아래를 힐끗 보았다. 하지만 아니었다. 루나의 앞발톱은 바로 그 자리에, 루나가 기대고 있던 돌기둥에 그대로 있었다. 완벽하게 평범했고 전혀 번쩍이지 않았다.

잠깐.

발톱. 발톱이 보였다!

루나는 크리켓의 놀란 눈을 쳐다보았다. 크리켓의 얼굴이! 코앞에 있었다!

바로 그 순간 악솔로틀이 고개를 들고, 난데없이 나타나 자기 옆에 웅크리고 있는 렌과 돌출부 주변에서 그를 빤히 바라보는 네 마리 용을 발견했다.

악솔로틀은 비명을 지르며 벌떡 일어나다가 렌에게 발이 걸려 넘어지면서 벽에 부딪히더니 뒤로 빙글 돌아 불프로그의 코에 부딪혀 튕겨나가며 다시 소리를 지르고 땅굴 쪽으로 달려갔다.

불프로그는 침착하게 바위 돌출부 너머로 뛰어내려 커다란 앞발로 인간을 가두었다.

"악! 그만해! 놔줘!"

렌이 진흙날개에게 소리쳤다.

렌은 달려가 불프로그의 거대한 앞다리를 잡고 끌어올리려 애썼다.

"괜찮다. 해치려는 게 아니야."

불프로그가 별 감정 없이 말했다.

"다치지 않은 사람 치고는 고함을 **엄청나게** 지르는데."

177

스카이가 귀를 막으며 말했다.

"겁먹었으니까 그렇지! 인간과 용 네 마리가 말 그대로 허공에서 나타나 널 밟으면, 넌 안 무섭겠어?"

렌이 쏘아붙였다.

"난 인간을 밟은 게 아니다. 인간이 떠나는 걸 막고 있을 뿐이다."

불프로그가 말했다.

"가엾은 악솔로틀…… 우리가 해치지 않을 거라고 말해 줘. 우린 우호적인 용이라고! 우리 중 둘은 채식주의자야!"

루나가 렌에게 말했다.

"거대한 육식 용이 밟고 서 있지 않으면 그 말이 훨씬 도움이 될 것 같지만, 노력은 해 볼게."

렌이 말했다. 렌은 악솔로틀 옆에 웅크려 인간의 언어로 뭔가 말했다.

악솔로틀은 자기 고함 너머로 렌의 말을 듣기까지 약간 시간이 걸렸지만 결국 조용해졌다. 악솔로틀의 표정이 두려움에서 두려움과 호기심을 동시에 느끼는 표정으로 바뀌었다. 렌은 계속해서 빠르게 말하며 용들을 가리켰다.

"좋아, *이젠* 놔줘."

렌이 불프로그의 발을 밀치며 용의 언어로 말했다.

"하지만 그러면 놈이 도망칠지도 모른다."

불프로그가 차분하게 말했다.

"**인간이** 도망치고 싶어 한다면 도망치게 둬야지."

렌이 말했다. 렌은 어깨를 불프로그의 발톱 아래로 집어넣어 최대한 들어 올렸다. 그 아래에서 악솔로틀이 꼼지락거리며 빠져나오려고 애썼다.

"**너희 용들이 사실은 괴물이 아니라고 지금 주장하는** 중이야. **넌 지금 이 순간 반론을 펴는** 셈이고."

불프로그는 미심쩍다는 듯 주둥이에 주름을 잡았지만(표정이라니! 루나는 표정을 보는 게 얼마나 그리웠는지 이제야 깨달았다!) 발을 치우고 동굴 바닥으로 물러났다.

악솔로틀은 일어나 앉더니 몸이 온전한지 확인하는 것처럼 팔다리를 더듬어 보았다. 악솔로틀은 놀라 휘둥그레진 눈으로 렌을 보며 뭐라 옹알거렸다.

"뭐래? 뭐래?"

크리켓이 신나서 물었다.

"내가 용들과 이야기하는 걸 보고 믿을 수가 없대. 자기도 늘 그렇게 하고 싶었다면서. 너희가 뭐라고 말하는지 알고 싶어 해."

렌이 말했다.

스카이가 웃으며 인간과 비슷한 소리로 뭔가 말했다. 악솔로틀은 헛숨을 들이켜며 스카이를 가리키더니 렌을 돌아보고 두 손을 흔들다가 다시 스카이를 가리켰다.

"*지금*은 뭐래?"

크리켓이 물었다.

"시간이 꽤 걸리겠는데."

렌은 이마를 문지르며 말했다.

"잠깐. 근데 왜 우리가 갑자기 눈에 보이게 된 거지?"

루나가 말했다.

"혹시 마법이 닳아 버린 걸까?"

크리켓이 추측했다.

"링크스가 그럴 일은 없을 거라고 했는데."

루나가 말하며 벌떡 일어섰다.

"어쩌면 썬듀가 여기 도착해서 우리를 보이게 만들었을지도 몰라! 가서 확인해 볼게!"

"그동안 난 여기 남아서 내 인생 전체를 또 한 명의 낯선 인간에게 설명해 줄게."

렌은 악솔로틀 옆에 앉으며 말했다.

루나는 땅굴 속으로 달려 들어가 구불구불한 바위 통로를 달려 해변의 동굴까지 갔다.

바깥에서는 다시 비가 쏟아지고 있었다. 비의 장막이 탁 트인 공간을 향해 너울거렸다. 루나는 폭풍 속으로 달려 나가 하늘을 올려다본 다음 빙글 돌며 해변을 살폈다.

썬듀는 없었다. 링크스도 없었다.

아무도 없었다.

~8~

"악솔로틀이 심연을 섬기는 마을에 대해서 들어 봤대."

루나가 잔뜩 젖어 후줄근해진 채 실망해서 용의 이빨 동굴로 돌아왔을 때 크리켓이 말했다.

크리켓의 눈은 안경 너머에서 빛나고 있었다. 거의 발을 동동거리고 있었다.

"우리가 용의 책을 번역해 주면 악솔로틀이 우리를 그 마을까지 안내해 줄 수 있대! 루나, 멋지지 않아? 우릴 기꺼이 도우려 해! 우리가 너무 좋아서 스카이와 렌처럼 나의 가장 친한 친구가 되고 싶어 할지도 몰라! 그러고 나면 우린 서로의 언어를 배우면서 친해질 수 있을 거야. 물론, 세상을 구하고 블루를 구한 다음에."

크리켓이 말했다. 크리켓의 표정이 진지해졌다.

"인간은 우리가 내일 심연으로 갈 수 있다고 한다."

불프로그가 덧붙였다.

그는 동굴 입구에, 인간들과 최대한 멀리 떨어진 곳에서 약간 심통 난 표정을 하고 있었다. 루나는 불프로그가 이미 한번 인간을 겁주었으니 더 이상은 그러지 말라는 렌의 명령에 따라 그곳에 있게 된 거라고 짐작했다. 저쪽 돌출부에서는 스카이와 렌과 악솔로틀이 모자이크 정원에서 하루 휴가를 내소풍을 즐기는 비단날개들처럼 수다를 떨고 있었다.

"내일? 하지만 우린…… 다른 애들을 기다려야지!"

루나가 되물었다.

"썬듀는 기다리지 말라고 했다."

불프로그가 인상을 쓰며 루나를 보았다.

"거기다 걔들은 며칠이나 늦었어. 어쩌면 우리 모습을 다시 보이도록 만든 게, 우리한테 자기들 없이 가야 한다고 전달한 거라는 생각이 들어. 자기들이 나타나지 않으면 심연을 찾으러 가라고 말한 건 사실이잖아."

크리켓도 동의했다.

"하지만 심연을 찾아도 뭘 해야 할지 우린 몰라."

루나가 말했다. 루나는 두려움이 스며들게 놔두는 대신 목소리를 가볍게 유지하려고 애썼다. 자기 얼굴이 걱정을 표현한 태피스트리가 아니라 합리적인 표정으로 보이기를 바랐다. 다른 용들, 특히 벌집날개들은 루나의 겁에 질린 목소리나 걱정 어린 표정을 좋아하지 않았다. 루나가 6년이라는 인생을 살면서 깨달은 것이다. 그러나 용기를 보여 준다고 해서 벌집날개들이 루나에게 더 친절해지는 것도 아니었다. 오히려 더욱 짜증을 내고 조바심을 내는 경우가 많았다.

소드테일은 그렇지 않았어. 소드테일은 한 번도 나한테 조바심을 내지 않았어. 블루도…… 짜증 난 블루가 어떤 모습일지 상상도 안 돼.

둘이 여기에 있었다면, 내가 왜 이렇게 걱정하는지 이해했을 텐데.

"네 말이 맞아."

크리켓이 예상치 못하게 말했다. 크리켓은 한쪽 발톱으로 바닥의 바위틈을 쿡 찌르더니 앞뒤로 움찔거렸다. 사실, *크리켓이야말로* 명백히 걱정스러운 표정을 짓고 있었다. 루나는 한 번도 걱정 어린 표정의 벌집날개를 본 적이 없었다.

"네 기분이 어떤지 정확히 알겠어, 루나. 썬듀랑 쓰나미랑 문이 함께 있을 때는 나도 뭔가 결정을 하거나 싸워야 할 필요를 전혀 못 느꼈어. 나라면 세상을 구하라고 날 보내지는 않을 거야. 우린 심연에서 뭘 찾게 될지 전혀 모르고, 그 사실이 너무 무시무시해."

불프로그가 끙 소리를 냈다. 둘 다 고개를 돌려 그를 보았다. 불프로그는 오랫동안 가만히 있다가 말했다.

"마찬가지다."

어째서 크리켓은 잘 알지도 못하는 용들 앞에서 걱정과 두려움을 아무렇지 않게 다 드러낼까? 벌집날개의 특징은 아닌데. 블루가 크리켓을 좋아하는 이유가 이런 걸까? 크리켓이 블루가 짐작할 필요도 없이 감정을 모두 나눠서?

크리켓은 루나의 앞발을 가볍게 어루만지며 말을 이었다.

"나 자신을 타이를 때 나는 이렇게 말해. 우린 진실을 찾으러 간다. 그건 내가 할 수 있는 일이다. 난 뭔가 알아낼 수 있다. 심연 아래에 뭐가 있든 문과 스노펄은 우리가 그걸 알아내야 한다고 생각한다. 그러니 우리가 할 일은 그게 전부야, 적어도 내 머릿속에서는 그래. 심연으로 날아 들어가 답을 찾고 다시 날아서 나오는 거."

"그 답이 우리를 잡아먹으면?"

루나가 물었다.

"그럼 다음 용들이 더 잘해 내기를 바라야지. 우리가 썬듀와 링크스에게 메시지를 남겨서, 우리 대신 어디를 찾아봐야 할지 알려 줄 수도 있고. 그러니까 여기 그냥 앉아 있을 수는 없어. 블루에게는 우리가 필요하잖아. 안 그래? 우리를 블루에게 데려다줄지도 모르는 다음 단계가 있다면 그 단계를 밟아야지. 아직 그 길의 끝이 보이지 않는대도."

루나는 앞발로 얼굴을 가렸다. 크리켓 말이 맞았다. 루나는 '그래 하자!'라는 상태로 자신을 다시 이끌어 갈 용이 크리켓만은 아니기를 바랐기에 매우 짜증이 났다.

하지만 사실이었다. 그들은 이 동굴에 머물며 비나 구경하면서 더 영웅적인 누군가를 기다릴 수는 없었다. 블루와 소드테일과 모든 비단날개들을 위해서 루나 일행은 계속 나아가야 했다.

"알았어. 메시지는 어떻게 남기지?"

루나가 말했다.

"아아, 생각해 보자."

크리켓이 발을 동동거리며 말했다. 크리켓은 돌을 하나 집어 들었다가 다시 놓고 다른 돌을 집어 들어 바닥을 두드려 보더니 머리를 긁었다.

"뭐 해?"

루나가 물었다.

크리켓은 우쭐대지 않고 말했다.

"생각. 썬듀랑 링크스는 발견할 수 있지만 다른 누구도 알아차리지 못할 만한 메시지여야 해. 순찰 중인 벌집날개들이 우연히 보는 건 바라지 않으니까."

"그러니까, 동굴 벽에 그림을 그릴 수는 없겠네."

루나가 말했다.

"우리가 가는 방향을 거대한 화살표로 표시해 놓을 수도 없고."

크리켓이 덧붙였다.

"그러면 누가 찾을지 모르니까."

루나가 말을 마쳤다.

"메시지 내용은 또 뭐라고 하지? 인간을 찾아서 따라가라? 우리가 더 구체적으로 쓸 내용이 있을까? 악솔로틀한테 물어봐 달라고 렌한테 부탁해야겠다."

크리켓이 말했다.

이건 크리켓이 악솔로틀에게 다시 말을 걸–혹은 적어도 근처로 다가갈– 티 나는 핑계였다. 루나는 크리켓을 막지 않았다. 대신 빛나는 불꽃비단실 한 가닥을 뽑아 들고, 이걸로 어떻게든 메시지를 숨길 수 있을까 생각하며 남은 빗방울을 말렸다.

"남쪽에 있는 커다란 호수에서 그리 멀지 않대. 전갈 호수가 틀림없겠지? 메시지에 그 내용을 넣으면 되겠어. 넌 뭔가 아이디어가 떠올랐어? 난 아직이야. 생각해 보자."

크리켓이 안경을 삐딱하게 쓰고 깡충깡충 돌아오면서 말했다.

"생각하는 거라기엔 좀 시끄러운데."

불프로그가 차분하게 말했다.

"미안, 조용히 할게."

크리켓이 즉시 말했다.

그들은 조용히 오랫동안 고민했다. 루나는 생각했다.

암호? 빵 부스러기처럼 보고 따라갈 수 있게 불꽃비단실 조각을 길에 남겨 놓을까?

"흐음. 잎날개들은…… 식물을 좋아하지."

한참 만에 불프로그가 말했다.

"**맞아!** 벌집날개들은 식물을 거의 알아보지 못하고! 우리를 도와줄 식물이 필요해!"

루나가 벌떡 일어나며 외쳤다.

불프로그가 눈을 가늘게 뜨고 루나를 보았다.

"뭘 해 줄 식물이라고?"

"썬듀는 식물과 이야기할 수 있어. 동굴에 예상치 못한 식물이 있다면 썬듀가 알아볼 거야. 그럼 우리는 그 식물 뿌리 근처에 메시지를 묻어 두고 식물이 썬듀에게 말해 주기를 바라야지."

크리켓이 똑같이 신나서 설명했다.

"식물이…… 썬듀에게 **말을** 해 준다고?"

불프로그가 천천히 말했다.

"비슷해."

크리켓이 말했다.

불프로그는 미심쩍은 표정이었지만 그들을 따라 빗속으로 나가, 둘이 절벽 꼭대기에서 튼튼해 보이는 제비꽃을 파내는 동안 망을 보았다. 꽃을 뿌리째 뽑는 크리켓의 앞발 움직임은 부드러웠다. 크리켓은 꽃 덩굴 주변의 흙을 감싸들고 동굴로 날아 내려왔다. 이어 그들은 작은 보라색 꽃을 뒷벽 바로 앞 축축한 모래밭에 심었다.

"가엾은 녀석. 여기 물이 이 녀석에겐 너무 짜. 여기가 마음에 들지 않을 거야."

크리켓이 말했다.

"썬듀가 발견하면 안전한 곳으로 옮겨 줄 거야. 썬듀가 돌봐 주겠지. 미안해, 작은 꽃아."

루나가 말했다. 루나는 잎사귀 하나를 가볍게 어루만진 뒤 물러서서 타오르는 불꽃비단실 한 가닥을 뽑았다.

스카이와 렌이 바다에 떠다니는 넓고 납작한 나무를 찾아 왔고, 루나가 나무의 매끄러운 회색 표면에 메시지를 태워 넣었다.

전갈 호수 근처로 심연을 찾으러 감. 거기서 만나.

그런 뒤 크리켓은 꽃의 뿌리 부근에 구멍을 파고 메시지를 묻었다.

루나는 할 말이 더 있다고 느꼈다. 썬듀 일행은 천 년쯤 자리를 비운 것 같았고 그들이 놓친 이야기를 모두 알려 주고 싶었다. 그들에게 서두르라고, 조심하라고, 벌집날개들을 피하고 눈에 보이는 모든 인간에게 친절하라고 말해 주고 싶었다. 하지만 그들은 그 모든 걸 알고 있었다. 할 수만 있었다면 이미 여기로 왔을 것이다.

다음 날 아침, 악솔로틀이 예상치 못하게 다른 인간을 데리고 나타났다. 이 인간은 온몸에 훔쳐 온 용의 비단으로 만든 겉싸개를 두르고 있었다. 새로 온 인간의 연한 갈색 팔다리는 주황색과 은색 천으로 휘감겨 있었고, 그것보다 더 많은 천이 길고 검은 머리카락에 묶여 있었다. 악솔로틀과 마찬가지로 이 인간도 태양을 본 적이 거의 없는 것 같았다. 루나의 불꽃 비단실 빛에 녀석은 빠르게 깜빡이며 눈을 가렸다.

렌은 인간어로 몇 번 이야기를 주고받더니 설명했다.

"이쪽은 오셀롯이야. 사라진 우리 용들이 오는지 지켜봐 주기로 했어. 우리가 다른 메시지를 태워서 새겨 주면 자기가 그 용들에게 전해 주겠대."

크리켓이 말했다.

"정말? 진짜 용감한 거 아냐? 전에도 용들하고 같이 있어 봤대?"

렌은 그 질문을 인간어로 반복했다. 오셀롯이 웃었다. 그녀는 용의 비단을 걸친 두 팔을 들어 올리더니 빙글 돌면서 뭐라고 대답했다.

"오셀롯은 언제나 용들의 물건을 훔친대. 용들이 두렵지도 않고. 난 오셀롯이 마음에 들어."

렌이 재미있어하는 목소리로 번역했다.

"그래도 오셀롯한테 벌집날개들과는 거리를 두라고 말해 줘. 비단날개와도. 나나 크리켓하고 비슷하게 보이는 모든 용들 말이야. 초록색 용이나 흰색 용에게만 모습을 보이라고 해. 썬듀와 링크스는 오셀롯을 먹지 않을 테니까."

루나가 말했다.

"지금은 날개 네 개가 아니라 두 개가 달린 용만을 믿으라고 말해 줘."

크리켓도 동의했다.

"와스프의 통제를 당하는 잎날개도 있지 않아?"

렌이 물었다.

"아…… 맞네."

루나의 날개가 축 처졌다. 그건 잊고 있었다. 루나는 와스프가 판탈라에서 가장 사나운 부족에게까지 발톱을 깊이 박아 넣었다는 사실을 잊고 있었다.

루나는 발톱을 가볍게 톡톡 두드리다가 고개를 들었다. 악솔로틀이 루나를 안심시키려는 듯한 표정을 지어 보였다.

"악솔로틀이 다 괜찮을 거래. 오셀롯은 똑똑하고, 어떤 용이 안전하고 누구한테 메시지를 전해야 하는지 알 거래."

렌이 말했다.

렌이 스카이의 날개와 불프로그의 날개를 가리키며 인간의 언어로 뭔가 길게 설명했다.

루나는 같은 메시지를 새로운 유목 조각에 다시 태워 새기고, 메시지를 하나 더 남겼다는 생각에서 위안을 얻으려고 애썼다. 썬듀가 꽃이나 인간 중 하나만, 제비꽃이나 오셀롯 중에 하나라도 찾으면 그들을 따라올 수 있을 거라는 생각에.

하지만 그걸로 충분할까?

썬듀, 어디 있는 거야?

"바깥은 아주 축축해. 렌, 우리가 지금 당장 날아가면 이

가엾고 작은 인간이 미끄러워서 내 등에서 떨어질 거야. 그럼 아파지겠지! 북슬북슬한 포유류는 너무 젖으면 아프지 않아? 어쩌지? 너희 둘 다 방수가 되는 나뭇잎에 싸야 할까?"

스카이가 허리를 숙여 악솔로틀이 겹겹이 두르고 있는 싸개를 보며 말했다.

그러더니 곧 눈에 장난스러운 빛을 떠올렸다.

"멋진 우산 잎사귀 모자를 씌운다거나?"

"또 말도 안 되는 소리. 우린 밖으로 안 나가. 악솔로틀이 목적지까지 이어지는 동굴 길을 알아. 사방에 우리를 찾는 용들이 있잖아. 날아가는 것보다 그게 안전해."

렌이 엄하게 말했다.

루나가 보기에 스카이는 실망한 듯, 그리고 약간은 긴장한 듯 보였다.

"지하로 간다고? 그러니까…… 훨씬 더 지하로?"

"유감이지만 어둡고 무시무시한 심연은 *바로* 그런 지하에 있어."

렌이 다정하게 미소 지으며 말했다.

빗속을 날아갈 필요가 없다는 건 안심이 되는 일이었다. 그러나 루나는 악솔로틀을 따라 지하 땅굴을 지나면서 이보다 더 폐소공포증을 느껴 본 적이 없었다.

루나는 빛나는 불꽃비단실을 뿔에 감는 방법을 찾아냈다. 뿔에 감은 실이 사방에서 용들을 짓눌러 오는 돌에 둥근 빛을 드리웠다. 위로가 되면서도 불안했다. 땅굴이 대부분 너무 좁아 루나의 더듬이가 계속 천장에 스쳤다. 날개를 활짝 펼 수도 없었다.

하지만 악솔로틀은 자신감 있게 성큼성큼 나아가며 렌과 수다를 떨었다. 불꽃비단실의 빛이나 렌의 횃불 없이도 길을 잘 아는 것처럼 보였다. 그들은 한쪽 팔을 뻗어 가볍게 벽을 스치다가, 이따금 멈춰 서서 가져온 공책을 살펴보았다.

크리켓은 악솔로틀의 용 책을 바람총이 든 주머니에 함께 넣어 두고, 멈춰서 쉴 때마다 번역을 도와주겠다고 약속했다. 루나가 보기에 어떤 면에서 악솔로틀은 크리켓의 작은 인간 버전 같았다. 악솔로틀은 용들이 글을 읽을 수 있다는 생각에 집착했으며 용의 책에서 알아낼 내용에 매료됐다. 크리켓이 인간의 책에 대해 알게 된 이후로 줄곧 집착해 온 것과 똑같았다.

"그냥 나무 전쟁에 관한 역사가 아니야."

크리켓이 동굴을 나아가는 여행 셋째 날에 루나에게 말했다. 그들은 왼쪽에 작은 균열이 있는 미끄러운 바위 더미를 헤쳐 나가고 있었다. 물방울이 크리켓의 안경에 철퍽 떨어졌고, 크리켓은 잠시 멈춰 서서 주머니로 안경을 닦았다. 루나는 크리켓을 기다렸고, 뒤에서 불프로그도 멈춰 섰다.

크리켓이 안경을 다시 주둥이에 얹으며 숨죽여 말했다.

"*세상* 전체의 역사야. 이런 책은 우리 학교 도서관에서는 완전히 사라졌어. 내가 한 권을 우연히 찾아낸 뒤로는 특히. 벌집날개의 철학은 나무 전쟁과 함께 시작됐으니, 그 이전 일은 아무것도 묻지 말라는 태도야."

루나는 그게 크리켓에게 따르기 어려운 규칙이었음을 상상할 수 있었다.

"나무 전쟁 이전의 비단날개 마을에 관한 내용도 있어?"

일행과 함께 계속 걸어가며 루나가 물었다.

"아주 많아. 삽화도 있어! 아름다워."

크리켓이 말했다.

"파이리아는? 우리에 대한 이야기는?"

불프로그가 물었다.

"있어. 단지, 책에서는 우리가 늘 그랬듯 너희를 머나먼 왕국이라고 불러. 하지만 클리어사이트를 다루는 장이 하나 있고, 또 다른 장은 처음 이곳에 온 용들 이야기와 벌집의 전설로 거슬러 올라가."

루나는 몸을 떨었다. 벌집의 전설은 루나가 최근 가장 싫어하게 된 이야기였다. 이 어두컴컴한 동굴은 그 전설을 떠올리기에 적합한 곳이 아니었다. 여기서는 정신 통제를 당한 박쥐 떼가 얼굴로 몰려들거나 발톱 위를 기어다니는 동굴 지네 떼를 너무도 쉽게 떠올릴 수 있었다.

저 앞, 위쪽에서 스카이와 두 인간이 균열을 지난 뒤 바위 속 웅덩이 근처에서 쉬고 있었다. 이상하게 끈적끈적한 물질이 천장에서부터 늘어져 있었다. 날아다니는 벌레가 그중 한 곳에 걸려 약하게 파닥거렸다. 루나는 그 반투명하고 끈적끈적한 실과 거리를 두며 일행에게 다가갔다.

"해가 졌어. 우리 모두 자야 할까? 인간들은 지쳤어?"

루나가 스카이 옆에 앉으며 물었다.

스카이는 몸을 틀어 혼란스러운 표정으로 동굴을 둘러보더니 다시 루나를 보며 물었다.

"해가 진 걸 어떻게 알아? 난 여기 내려온 지 2분이 지났는지, 아흐레가 지났는지도 모르겠는데."

"아…… 비단날개의 특징이야. 우린 지금이 하루 중 언제인지 언제나 알거든."

파이리아에 상륙했을 때 루나의 내부 시계는 적응하는 데 어느 정도 시간이 걸렸다. 다시 판탈라에 도착했을 때도 마찬가지였다. 하지만 지금 루나는 하늘과 몸속 시계가 적당히 맞취졌다고 느꼈다.

"와, 엄청 멋지다."

스카이가 미소 지으며 말했다.

"너희만 괜찮다면 우린 좀 더 갈 수 있어. 악솔로틀 말로는 불을 피우고 밤을 지낼 수 있는 좀 더 마른 동굴이 있대."

렌이 말했다.

"좋아."

루나가 말했다. 크리켓과 불프로그도 동의했다. 그들은 다시 출발해서 용들이 간신히 지나갈 크기의 또 다른 동굴에 끼어 들어갔다. 루나는 크리켓이 자신을 따라 조금씩 걸어오는 것을 느낄 수 있었다. 루나가 벌집날개를 보려고 고개를 살짝 돌렸다.

"그 책에 또 무슨 내용이 있어?"

루나는 자신과 하늘 사이의 엄청나게 무거운 바위에서 생각을 돌리고 싶어서 물었다.

"보자…… 이 부분은 아직 안 읽었지만 초토화라는 것에 대한 부분이 짧게 있어."

크리켓이 대답했다.

"당연히 있겠지. 초토화는 지루한 역사책 어디에나 나오는 얘기니까."

뒤에서 불프로그가 투덜거리듯 말했다.

"우리 역사책에는 안 나와. 난 들어 본 적 없어. 넌, 루나?"

크리켓이 말했다.

루나가 고개를 젓자 크리켓이 말했다.

"세상에, 불프로그. 다 말해 줘! 너희 책에는 초토화에 대해 뭐라고 쓰여 있어?"

"별 얘기 없다."

불프로그가 말했다. 잠시 후, 그는 크리켓에게서 풍겨 나오는 못마땅한 기색을 느꼈는지 이렇게 덧붙였다.

"음, 우리한테 어쩌다가 부족과 왕국 같은 것들이 생겼는지에 관한 이야기다."

"*그래*? 무슨 얘긴데? 어떻게 된 거래? 왕국과 부족은 처음부터 있었던 거 아니야?"

크리켓이 물었다.

루나는 땅굴 끝에 이르러, 꼼지락거리며 동굴 바닥까지 비스듬하게 이어지는 넓은 돌출부로 나왔다. 루나는 비탈을 미끄러져 내려가다가 종유석에 머리를 부딪혔다.

"아야아아."

루나는 미끄러져 멈추며 이마를 문질렀다.

불프로그와 크리켓이 루나 옆으로 미끄러져 내려왔다. 그들은 렌의 횃불을 따라서 움직이기 시작했다. 렌은 이미 동굴을 반 이상 건넌 뒤였다.

"불프로그, 더 말해 봐."

크리켓이 불프로그를 재촉했다.

"음, 별로 기억이 안 난다. 딱히 역사를 좋아한 게 아니라서."

불프로그는 짜증이 났다기보다 당황한 목소리로 말했다.

"하지만 *기억이 나는* 것도 있을 거 아니야."

크리켓이 말을 유도했다.

"그 시절엔 날치기가 더 많았다던가? 한…… 5천 년쯤 전에. 그리고 부족은 없었고, 용들은 대체로 혼자 살았어. 내 기억이 맞는다면 말이다. 그러다가 한 날치기가 어떤 용을 정말 화나게 해서 그 용이 날치기를 먹어 버렸어. 그런 다음에는 그 용이 이것저것 불태우고 다른 용들한테도 날치기를 잡아먹고 이것저것 태우라고 했대. 그런 뒤에는 그 용들이 왕국을 만들었고. 그게 초토화야."

불프로그는 말을 마치고 잠시 생각하다가 덧붙였다.

"그거야."

"와, 그 인간들 불쌍하네."

루나가 말했다.

"글쎄, 걔들이 시작했다는 뜻 같은데?"

불프로그가 머리를 긁적였다.

"그런데 네가 '**한** 날치기'라고 했잖아. 인간 한 명이 용을 화나게 한 거야? 그래서 용들이 다른 모두를 잡아먹고 불태워 버린 거고? 좀 지나치네."

루나가 지적했다.

"그 인간이 뭘 했는지 궁금한데? 무슨 짓을 했기에 용이 **그렇게까지** 화를 낼 수 있지? 보물을 훔쳤을까?"

크리켓이 말했다.

"사냥감을 겁줘서 쫓아 버렸으려나? 그러니까…… 진짜 좋은 사냥감 말이다. 아마 암소였을 거다."

불프로그가 추측했다.

"혹시 날치기가 그 용이 아끼는 누군가를 죽였을지도 모르지."

루나가 추측했다.

"흐음. 날치기가 용을 죽이는 건 꽤 어려운데."

불프로그가 말했다.

불프로그는 잠시 멈췄다가 덧붙였다.

"하긴, 어떤 날치기가 오아시스 여왕을 죽이긴 했다."

"뭐? 누가?"

크리켓이 흥분해서 말했다.

"안 돼. 아니, 아니, 안 돼. 나는 걸어 다니는 역사책이 아니다."

불프로그는 서둘러 크리켓에게서 멀어져 렌과 스카이를 따라잡았다.

"혹시 넌 알아?"

크리켓은 루나에게 물었다가 루나가 고개를 젓자 한숨을 쉬었다.

"알아야 할 게 엄청나게 많고 우리가 모르는 것도 엄청나게 많고 그걸 알아내는 게 얼마나 어려운지 생각하면 미칠 것 같지 않아?"

"우리가 가진 문제의 규모를 생각해 보면, 그게 딱히 거슬리진 않아."

루나가 말했다.

그들은 가파른 낭떠러지 아래에 이르러 꼭대기로 날아오르려고 날개를 폈다. 인간들은 이미 스카이가 꼭대기에 올려놓았다.

"그래도 《심연에 있는 존재와 그 존재를 처리하는 방법》이라는 책이 있으면 좋지 않을까?"

크리켓이 아쉬운 듯 말했다.

"그러게, 《정신 통제를 당한 친구들을 해방하는 방법》도 있으면 좋겠어."

루나도 동의했다.

"《못되고 폭력적으로 굴지 않고도 사악한 여왕을 반드시 죽이는 101가지 방법》이라든지."

크리켓의 말에 루나는 놀라 웃었다.

"너도 그런 걱정을 해?"

루나가 크리켓에게 물었다.

"악당이 **되지** 않고 악당을 이기고 싶다는 걱정 말이야? 늘 하지."

크리켓이 대답했다.

"불 같은 재능을 이용해서 전쟁에서 이기되 누구도 다치지 않게 하는 방법이라든지."

루나가 앞발을 내밀었다.

"블루처럼 모든 용을 신경 쓰면서도, 그 용들이 누군가를 해친다면 썬듀처럼 그들과 맞서는 방법이라든가."

크리켓이 땅에 내려앉으며 말했다.

루나가 해 오던 생각과 거의 똑같은 고민이었다. 루나는 앞발을 뻗어 크리켓의 앞다리를 잡았다.

한때 루나와 소드테일은 구원의 벽에 대해 이야기했다. 그때 소드테일이 루나가 하려던 바로 그 말을 했다. 루나는 너무도 신나 그에게 달려들며 소리쳤다.

"내 뇌가 한 말이야! 내 머릿속에서 나온 말!"

그 이후로 이것이 둘만의 농담이 되었다. 무언가에 동의할 때마다 둘 중 하나가 "내 뇌가 한 말이야!"라거나 "내 머릿속에서 나온 말!"이라고 하면, 둘 다 우스워 데굴데굴 굴렀다.

루나는 크리켓에게 "내 뇌에서 나온 말이야!"라고 소리치기 직전에, 그 말은 소드테일만을 위한 것임을 떠올렸다.

그런 다음, 배를 한 대 얻어맞은 기분이 사라질 때까지 잠시 눈을 감고 있어야 했다.

"너 괜찮아?"

크리켓이 물었다.

"응."

루나는 크리켓을 놓아주며 말했다.

미소 짓고 있어요, 아무 문제 없어요.

"맞아, 네가 말한 그대로야. 하지만 대부분은 블루와 소드테일을 구할 방법을 생각하고 있어."

루나는 발목을 다시 천장 쪽으로 돌려 비늘 아래의 불 같은 황금색 점들을 살폈다.

"꼭 필요하다면 난 용들에게 불을 붙일 거야."

"나도! 뭐, 그래, 아니, 나는 못 하겠어. 하지만 난…… **둘에게 못되게 구는 용이라면 누구에게든 책을 던질 거야. 크고 무거운 책으로.** 그러니까 조심하라고, 나쁜 놈들아."

크리켓이 말했다.

그래. 루나는 미소를 숨기며 생각했다. 처음으로 그녀는 '**이 벌집날개한테서 블루가 뭘 봤는지 알 것도 같아.**'라고 생각했다.

"그 두 가지 초능력을 쓰면 우린 분명 둘을 되찾을 거야."

루나가 말했다.

오늘, 지금 이 순간 루나는 그 말을 믿었다. 우기의 안개가 희미해져 가며 실금 같은 희망의 햇빛이 머릿속으로 밀고 들어왔다. 진짜 태양을 사흘 동안 보지 못했다는 걸 생각하면 아이러니한 일이었다.

그들이 뾰족한 돌과 반딧불이가 가득 박힌 거대한 천장 아래의 절벽 꼭대기를 걸어가고 있을 때 불프로그가 갑자기 멈췄다. 하마터면 루나는 그의 꼬리를 밟을 뻔했다.

"쉿."

불프로그가 불꽃비단실 빛이 미치지 않는 저 너머의 칠흑 같은 어둠을 빤히 바라보며 말했다.

루나와 크리켓은 얼어붙었다. 그들보다 앞서가던 스카이와 인간들도 똑같이 했다.

조용한 동굴 안에 잠깐 스친 바람일까?

루나의 더듬이가 본능적으로 펼쳐지며 공기의 이상한 진동을 감지하려 했다.

쉬이이이이이이이

슈우우우우우우

쉬우우쉬이이이

뭔가가…… 있었다. 아주 고요하고 머나먼 소리가……. 머리 위 뾰족한 부분 어딘가에 숨어 있는 무언가가…… 숨 쉬는 소리.

그때 숨어 있던 무언가가 움직여 몸을 앞으로 숙이며, 조용한 날갯짓으로 그들을 향해 미끄러지듯 다가왔다.

~ 9 ~

"인간들! 스카이! 인간들을 보호해!"

루나는 불프로그를 지나 달려가며 소리쳤다.

비명과 날갯소리가 소용돌이쳤다. 스카이가 렌과 악솔로틀 위로 몸을 던져 날개로 그들을 덮자 둘의 고함이 가로막혔다. 불프로그가 뒷다리를 짚고 일어서 앞발톱으로 공기를 베며 식식댔다.

검은 형체가 그들의 머리 위로 날아올라 크리켓을 들이받았다. 크리켓은 끔찍한 쿵 소리와 함께 돌벽으로 던져졌다. 루나가 휙 돌아서 크리켓에게 달려갔다. 불꽃비단실 빛이 가까워지면서 루나는 검은 형체가 용이라는 걸 알 수 있었다.

잎날개였다. 크고 화가 난 잎날개. 이제 잎날개는 크리켓의 목을 쥐고 바닥에 고정하고 있었다.

"그만해! 그 용을 해치지 마! 우리 편이야! 우린 친구야! 우리 모두 같은 편이라고! 모든 비단을 걸고, *그만해!*"

루나가 소리쳤다.

루나는 잎날개의 옆구리를 어깨로 들이받았지만, 그는 한쪽 날개를 들어 올리며 고집스럽게 루나를 볼 뿐이었다.

크리켓이 몸부림치며 그를 걷어차려는 바람에 잎날개는 약간 숨찬 목소리로 말했다.

"기절시켜야 해. 그래야 우릴 보호하지."

"아니, 아니야. 걔 안에는 와스프 여왕이 없어! 걘 정신 통제를 당하지 않는 벌집날개야! 들어 본 적 있잖아? 걔가 크리켓이야. 클리어사이트의 책을 훔친 용!"

루나는 상황을 이해하고 말했다.

"흐음. 들어 본 것 같네."

그가 말했다.

"그래도 조심하는 게 낫지."

그는 발톱을 움직이지 않은 채 크리켓을 내려다보았다.

"지금 그만두는 게 좋을 거다. 아니면 내가 주먹질을 좀 해야 할 테니."

불프로그가 루나 뒤로 거대한 모습을 드러내며 말했다.

잎날개는 미심쩍은 표정이었다. 그는 진흙날개와 거의 같은 크기였으니까. 그러나 곧 그는 혼란스러워했다. 눈을 가늘게 뜨고 불꽃비단실 빛에 비친 불프로그를 보면서도 크리켓의 목을 누르는 걸 멈추지는 않았다. 크리켓의 발버둥이 잦아들고 있었다. 루나는 그 모습에 공포를 느꼈다.

"넌 뭐야?"

잎날개가 불프로그에게 물었다.

"우린 썬듀의 친구야!"

루나가 불쑥 말했다.

"아, 그래?"

잎날개가 즉시 크리켓을 놓아주고 한 걸음 물러나며 말했다. 크리켓이 옆으로 구르며 숨을 헐떡였다.

"더 일찍 말했어야지."

잎날개는 벌집날개를 꾸짖듯 내려다보며 말했다.

"어, 언제?"

크리켓이 간신히 쉰 소리로 말했다.

잎날개가 잠시 턱을 문질렀다.

"흠. 징표 같은 걸 걸고 다니든지."

"친구들의 이름을 모두 적어서? 그건 그렇고, 넌 누구야?

네 안에 와스프 여왕이 없다는 걸 어떻게 알지?"

루나가 물었다.

그는 루나를 보더니 묵직하게 주저앉았다.

"그러니까 사실이구나."

그가 눈을 감으며 말했다.

그의 얼굴에 떠오른 절망감이 루나의 분노를 거의 빨아냈다. 루나가 부드럽게 말했다.

"이젠 와스프 여왕이 잎날개까지 감염시킬 수 있다는 거 말이야? 맞아. 비단날개도 마찬가지야."

"하지만 우리는 아니야. 아무나 그렇게 되는 건 아니거든. 일단 악의 숨결에 노출돼야 해."

크리켓이 약하게 날개를 흔들어 일행을 가리키며 말했다.

잎날개가 여전히 혼란스러운 표정이었으므로 루나가 덧붙였다.

"정신 통제를 당하려면 와스프 여왕의 꼬리 독에 찔리거나 악의 숨결이라는 식물의 연기를 들이마셔야 해. 사연이 길어."

"넌 왜 여기 내려와 있어? 왜 다른 잎날개들이랑 같이 있지 않아?"

크리켓이 물었다.

"임무 수행 중이었어. 숨어 있다가 여기 갇혔고."

그가 시무룩하게 말했다.

"저건 *진짜* 뭐야?"

그가 불프로그를 가리켰다.

"난 *저거*가 아니다. 진흙날개다."

불프로그는 루나가 본 것 중 가장 신경이 거슬리는 표정을 지었다.

"이쪽은 불프로그야. 우리를 도우려고 머나먼 왕국에서 왔어. 저 애들도 마찬가지고."

루나가 설명했다.

루나는 스카이가 여전히 인간들을 감싸고 납작하게 누워 있는 곳을 가리켰다. 그의 날개 밑에서 나오는 소리는 이제 확실히 심술로 가득했다.

"스카이, 내보내 줘도 돼! 얜 잡아먹지 않을 거야. 안 먹을 거지?"

루나가 소리쳤다.

"뭘 먹⋯⋯."

인간 두 명이 스카이의 날개 밑에서 허둥지둥 나오자 잎날개의 눈이 달만큼 커졌다.

"너⋯⋯ 너희들, 지하 원숭이를 데리고 있구나! 두 마리나! 흠. *한 마리는* 내줘도 되지 않아? 이렇게 배가 고픈 용이 있는

데 나눠 먹지 않는 건 이기적인 것 같은데."

그의 이빨이 번뜩였다.

"인간은 식량이 아니야! **먹는 게** 아니라고!"

루나가 소리쳤다.

"우린 원숭이도 아니야."

렌이 휘적휘적 다가와 자기 허리춤에 앞발을 얹으며 용의 언어로 덧붙였다.

잎날개는 한동안 입을 쩍 벌리고 있었다. 상당히 만족스러운 광경이었다. 그가 간신히 말했다.

"이게…… 이 녀석이…… 너희가 말하는 법을 가르쳤구나! **어떻게** 그럴 수 있었지? 어…… **왜** 그런 일을 한 거야?"

"아, 꽤 어려웠어. 여러 해의 훈련이 필요했지. 하지만 아주 영리하게 따라 하는 것일 뿐이야. 잘 봐. 안 웃겨, 스카이!"

스카이가 말했다.

"안 웃겨, 스카이!"

렌이 거의 동시에 말했다. 그녀는 스카이를 보며 인상을 찡그렸다가 잎날개를 보았다.

"난 앵무새가 아니야. 용의 언어를 쓸 줄 알아. 넌 인간을 먹어선 안 돼. 우리도 너희만큼 똑똑해."

"하! 하. 으흠. 허. 이거. 아주 이상하네. 널 헴록에게 데려가야 할 것 같은데. 헴록이 이 문제를 해결해 줄 거야."

잎날개가 말했다.

"저 녀석은? 저 녀석도 먹으면 안 돼?"

그가 악솔로틀을 톺아보았다.

"너 좀 멍청하냐?"

렌이 물었다.

잎날개가 화를 내며 으르렁거렸다.

"공평하지 않은 것 같은데. 이 아래에는 먹을 수 **있는** 게 거의 없어. 그런데 이젠 지하 원숭이라는 종 전체를 음식 목록에서 빼라고? 무례한 짓이야."

"너한테 말을 걸 수 있는 뭔가를 먹는 게 더 무례하다고 아아주우우우우 확신하는데."

렌이 말했다.

"머그는 안 돼! 안 돼!"

악솔로틀이 스카이의 다리 뒤에서 불쑥 나와 갑자기 용의 언어로 소리치고는, 즉시 다시 물러났다. 스카이는 웃느라 데굴데굴 구르다가 작은 인간을 깔아뭉갤 뻔했다. 악솔로틀은 불쾌한 표정이었다.

잎날개가 눈을 깜빡이며 그들을 보았다.

"어, 뭐?"

"**먹으면** 안 된다는 뜻이야."

렌이 말했다. 웃지 않으려고 노력하는 게 분명했다.

"말을 배우는 중이야. **먹으면** 안 돼."

렌이 악솔로틀에게 으르렁거리는 소리를 냈다.

"**먹으면** 안 돼."

악솔로틀이 마주 으르렁거렸다. 꽤 괜찮은 용의 억양이라고 루나는 생각했다. 루나는 악솔로틀이 듣는 것보다 글로 적힌 언어를 더 빨리 배운다는 걸 알아챘다. 크리켓은 매일 밤 악솔로틀과 함께 책을 보았고, 악솔로틀은 이미 몇 가지 글자와 단어를 알아볼 수 있었다. 앉아서 공부할 시간이 있었다면 악솔로틀은 한 달이면 용들과 글로 의사소통을 했을 것이다.

"잠깐. 헴록이라고 했어? 썬듀의 아빠 말이야? 너, 블러드 웜 벌집에서 도망친 비단날개들이랑 브라이오니랑 같이 있어?"

크리켓이 애써 일어서며 말했다.

"네가 그걸 다 어떻게 알아?"

잎날개는 크리켓에게 몇 번 눈을 깜빡였다.

"머나먼 왕국의 어떤 용이 너희 모두에 관한 환시를 봤어. 근데…… 내 생각에 네 얘기는 안 했던 것 같아."

크리켓이 설명했다.

잎날개가 몸을 세웠다. 짜증 난 표정이었다.

"난 포크위드야. 난 임무에 **꼭 필요한** 용이라고."

"포크위드라. 흠. 없었는데."

크리켓이 되풀이했다.

"우리는 심연 근처의 인간 마을로 가는 중이야. 이 인간이 우리를 안내하고 있어."

루나가 한쪽 날개로 악솔로틀을 가리키며 말했다. 악솔로틀은 최대한 스카이의 옆에 딱 붙어, 중얼중얼 작게 용과 비슷한 소리를 내고 있었다.

"뭐 근처라고?"

포크위드가 머리를 긁적였다.

"심연. 정말로 큰 어두운 균열이야. 이 밑에서 그런 거 본 적 있어?"

크리켓이 물었다.

"여기 전체가 하나의 크고 어두운 균열 아닌가?"

포크위드가 주위를 날개로 가리켰다.

"그 균열은 더 크고 더 어둡고 더…… 밑에 있어. 뭐랄까, 한참 밑에."

루나가 말했다.

"이상한데. 찾아다니기엔 이상한 곳이군. 들어가서 숨으려는 게 아니라면. 왜 찾는 거야? 와스프를 피해 숨으려고?"

포크위드가 말했다.

"아니. 그러니까, 잘 모르겠어. 우리는 심연 안에 와스프를 막을 수 있는 뭔가가 있다고 믿고 있어."

크리켓이 말했다.

"흠. 더 이상한데. 네가 헴록에게 설명해 봐. 내가 설명해도 내 말은 믿지 않을 테니까."

포크위드는 어깨를 으쓱하며 한쪽 날개를 흔들었다.

렌과 악솔로틀이 잠시 인간어로 수다를 떨더니 스카이의 등에 올라탔다. 일행은 포크위드를 따라 광활하고 탁 트인 동굴을 가로질러 날아갔다. 종유석을 피해 날아가느라 좀 위험했지만, 걷고 기어오르고 미끄러지며 사흘을 보낸 뒤 다시 날게 되어 마음이 놓였다. 루나는 최대한 날개를 활짝 펼치고 꼬리를 흔들어 폈다.

포크위드는 음식을 찾아 다른 일행에게서 먼 곳까지 모험을 나온 게 틀림없었다. 루나는 포크위드를 따라 몇 시간은 여행한 기분이었다. 절반은 날 수 있었지만, 가는 길 상당 부분은 땅굴이나 바위 통로를 기어가야 했다. 포크위드에게서는 '느리고 상상력 없음'이라는 분위기가 분명하게 풍겼지만, 이렇게 먼 곳까지 혼자서 탐험해 와 돌아가는 길을 외우고 있을 정도라면 보기보다 용감하고 똑똑한 게 틀림없었다.

하지만 포크위드는 남의 말을 잘 듣는 용은 아니었다. 최소한 비단날개, 벌집날개, 인간의 말은 잘 듣지 않았다. 잎날개들이 말할 때는 관심을 기울일지도 모르겠지만.

일행이 깊숙한 통로로 뚝 떨어져 축축한 땅굴에 접어들었을 때였다. 루나의 더듬이가 앞쪽에서 움직임과 웅얼거리는 진동을 감지했다. 멀리서 듣기에는 숲속에서 부는 바람 소리 같았다. 폭풍이 오기에 앞서 나뭇잎이 서로 스치며 속삭이는 소리.

그들은 땅굴에서 나와 지하 호수를 둘러싼 동굴로 들어갔다. 이상한 수정 같은 형체가 벽에서 뻗어 나와 있었다. 비단이 아니라 반투명한 보석으로 만든 태피스트리 같았다. 반딧불이가 파란색 별자리처럼 천장에 점점이 찍혀 있었고, 희미한 형광빛이 호수 아래 깊은 곳에서 퍼져 나왔다. 하지만 그 외에 빛은 없었다.

웅얼거리는 소리가 선명해지더니 용의 목소리로 바뀌었다. 휑뎅그렁한 공간에서 숨죽여 얘기하는 단조롭고 울리는 소리였다. 그들이 모두 보이지는 않았지만 루나의 안테나는 이 동굴에만 백 마리 넘는 용들이 있다는 걸 감지했다. 여기에서 갈라져 나간 동굴과 땅굴 여러 곳에는 더 많은 용들이 흩어져 있었다.

나라면 검은 비단실로 이곳을 짤 거야. 멀리서 보면 완전히 까맣게 보이지만, 황금색 비단으로 작고 둥근 빛을 만드는 거야. 가까이에서 보면 황금 비단 원 근처에서 날개나 꼬리나 용의 얼굴이 빛 주변을 맴도는 걸 보게 되는 거지. 짙은 회색 비단실로 짜면 될 거야.

작은 비단날개 새끼 용 사총사가 호숫가에 앉아서 맥이 풀린 듯 발톱으로 물을 잠방거리고 있었다. 포크위드가 동굴에 들어서자 그들이 고개를 들었다. 루나를 보자 그들의 눈이 커졌다.

"엄마! 엄마! 머리에 불이 붙은 용이 있어요! *엄마, 엄마, 불 모자를 썼어요!*"

작은 분홍색 용이 벌떡 일어서며 소리쳤다.

"나도 불 모자 갖고 싶어! 아무도 *나한테는* 모자에 불을 붙여서 쓰게 해 주지 않는단 말이야! *불공평해!*"

그 옆의 작은 주황색 용이 소리쳤다.

"저건 모자가 아니야. *왕관이 분명해.* 장담하는데 저 용은 *불의 여왕*일 거야."

밝은 녹색 용이 도도하게 소리쳤다.

네 번째 새끼 용은 짙은 파란색과 청록색 얼룩무늬가 섞인

라벤더색 용으로, 곧장 루나의 발치까지 달려오더니 앉아서 루나를 쳐다보았다. 비늘 색깔과 상대방을 신뢰하는 표정 때문에 루나가 기억하는 아주 어린 시절의 블루와 닮은 모습이었다.

"음. 안녕?"

루나가 말했다.

"안녕하세요."

새끼 용이 조용히 말했다. 불꽃비단실의 그림자가 경이로워하는 녀석의 눈에서 빛났다.

새끼 용들이 계속해서 루나 쪽으로 천천히 다가왔다. 모두 비슷하게 경이로워하는 표정을 짓고 있었다. 그 뒤로 다 자란 비단날개들도 보였다. 그들은 딱히 어떤 표정이라기보다 지쳐 보였으나, 적어도 몇 마리는 루나를 만나서 기뻐 보였다.

"달에게 감사할 일이군. 우리가 가져온 마지막 불꽃비단실이 며칠 전에 희미해졌거든."

나이 든 용이 앞발을 맞잡으며 말했다.

"그래서 *너무 어두웠어.* 너무 어두운 건 *싫어!*"

분홍색 새끼 용이 말했다.

"아니, 좋아한다며! 어제는 너무 어두운 것도 나쁘지 않다면서 나더러 겁쟁이 민달팽이라고 했잖아! 어두운 걸 싫어하는 건 *나야!* 누가 불 모자를 갖게 된다면 내가 가져야 해. 넌 못됐으니까!"

주황색 새끼 용이 말했다.

"네가 먼저 못되게 굴었어! 엄마, 쟤가 나빴다고 말해 주세요!"

분홍색 새끼 용이 소리쳤다.

"어둠이 귓속말을 해요."

루나의 발치에 있던 새끼 용이 조금 더 다가오며 숨죽여 말했다. 그 용의 왼쪽 눈 위와 오른쪽 날개뿌리 근처에 별 모양의 작은 흰색 흉터가 있었다.

가엾은 작은 용. 무슨 일이 있었던 거니?

또한 그 용은 묵직한 족쇄를 한 개가 아니라 두 개나 차고 있었다. 루나가 녀석의 한쪽 앞발을 부드럽게 들어 올려 족쇄에 새겨진 글을 읽었다. *직조공 전당.* 이 녀석이 다니는 학교가 틀림없었다. 다른 족쇄에는 *공사장 견습생*이라고 새겨져 있었다.

견습생? 기껏해야 두 살밖에 안 됐을 텐데. 이렇게 작은 용이 어떻게 벌써 공사장 일꾼이 될 수가 있지?

루나는 소드테일에게 들어서 알고 있었다. 나무밥으로 벌집을 공사하는 일이 얼마나 위험하고 진 빠지는 일인지. 이 작

220

은 용에게 생긴 흉터도 그 일 때문일지 몰랐다.

루나가 앞발을 다시 내려놓자 그가 기대감에 차서 루나를 올려다보았다.

"진짜 불꽃비단실은 만나 본 적 없는데. 그거 정말 네가 만든 거야?"

다른 용이 물었다. 그 용은 날개가 있었지만 루나보다 그리 나이가 많아 보이지 않았다.

"응. 음, 안녕. 난 루나야."

루나가 말했다.

"루나?"

연노란색 용이 절뚝거리며 앞으로 나섰다. 다른 용들은 존경심을 담아 그 용이 지나갈 수 있도록 물러났다.

"소드테일과 블루가 찾던 용 말이야?"

"타우!"

크리켓이 소리쳤다. 크리켓은 루나를 지나쳐 달려 나와 놀란 연노란색 비단날개를 두 날개로 감싸 안았다. 가까이 있던 용들이 크리켓의 벌집날개 비늘을 보고 식식대며 펄쩍 뒤로 물러났다.

"*크리켓?* 그럴 리가! 어떻게 네가 **여기** 있어?"

타우가 소리쳤다.

타우는 다른 비단날개들을 돌아보며 지켜 주려는 듯 크리켓에게 한쪽 날개를 둘렀다.

"이쪽은 정신 통제의 비밀을 알아낸 벌집날개야. 모두에게 클리어사이트의 책의 진실을 알려 준 용. 주얼 벌집의 포스터 그림 기억하지? 크리켓은 우리보다 오랫동안 와스프 여왕과 싸워 왔어!"

루나는 그 어떤 순간의 자신보다 이 비단날개가 빠르게 크리켓을 변호하는 모습에 쿡 찔러 오는 죄책감을 느꼈다. 그리고 크리켓을 좋아하고 신뢰하는 비단날개가 블루만이 아니라는 걸 알자 마음이 놓이기도 했다.

"클리어사이트의 책을 읽었어?"

비단날개 하나가 크리켓에게 물었다.

"정말 와스프 여왕이 부화장에서 알을 찌르는 걸 봤어? 와스프가 네 머릿속에는 아예 들어갈 수 없는 거야?"

다른 비단날개가 물었다.

"우리에 대해 이렇게까지 흥분하다니. 아직 인간이나 파이리아 용들은 만나 보지도 못했는데."

루나가 안타깝다는 듯 크리켓에게 말했다.

루나는 아래를 보았다. 발치에 있던 새끼 용이 스카이와 불프로그를 본 모양이었다. 그는 거의 루나의 발을 깔고 앉을 정도로 루나에게 가까이 다가와, 루나 너머로 다른 두 용을 바라보는 중이었다. 그 용들은 땅굴의 그림자 속으로 물러나 있었다.

"우리가 정말 알고 싶은 건 저 위에서 무슨 일이 일어나고 있느냐는 거야. 살아 있는 용이 또 있어? 잎날개들은 어떻게 된 거야?"

타우가 크리켓의 한쪽 발을 잡으며 물었다.

"해 줄 얘기가 아주 많아. 여기, 모두를 책임지는 용이 있어?"

크리켓이 물었다.

"누구한테 묻느냐에 따라 다르지. 잎날개들은 *자기들이* 책임자라고 생각해. 모포는 계속 *자기가* 모든 결정을 내려야 한다고 고집을 부리고. 블러드웜 벌집의 비단날개들에게는 나름의 번데기가 있는데, 알고 보니 그쪽이 우리 번데기보다 훨씬 크더라고. 주얼 부인과 스캐럽 부인도 여기에 있고."

타우가 눈알을 굴리며 말했다.

"하지만 우린 더 이상 벌집날개의 명령을 들을 필요가 없어. 지금은 우리한테 이래라저래라 할 눈이 허연 독 발톱 깡패 벌집날개들이 없으니까."

회녹색 용이 반항하듯 말했다.

"주얼 부인 덕에 우리 모두 탈출한 거야. 우리의 여왕은 아니지만, 그분께 심술궂게 굴 필요는 없어."

타우가 딱딱하게 말했다.

"번데기라고? 난 탈바꿈 이후에 시케이다 벌집 번데기에 가입할 생각이었어. 그쪽 용들도 여기 있어?"

루나가 기대감에 차서 말했다.

"미안해, 꼬마 용아. 내가 아는 한 시케이다 벌집 용은 아무도 없어."

타우가 고개를 저었다.

포크위드가 갑자기 잎날개 두 마리와 연회색 비단날개를 데리고 나타났다. 루나는 그가 자리를 비웠다는 것도 모르고 있었다.

"어, 와. 안녕! 바깥세상에서 온 손님이구나! 좋은 소식을 가져왔다고 말해 줘. 난 브라이오니, 이쪽은 그레이링이야. 이 심술궂은 용은 헴록이고."

비교적 작은 잎날개가 말했다.

"**엄격한** 용이다. 심술궂은 용이 아니고. 이건 **위협적인** 표정이야. 포크위드 말로는 너희가 썬듀를 안다던데."

헴록이 작은 잎날개의 말을 바로잡았다.

"썬듀는 괜찮으냐?"

헴록이 루나를 돌아보며 물었다.

"썬듀는…… 저희랑 헤어질 때까지는 괜찮았어요. 며칠 전 저희랑 만나기로 했는데 나타나지 않았고요. 저희가 썬듀에게 메시지를 남겨 두었어요. 썬듀가 여기까지 저희를 따라오기를 기대하고 있어요."

루나가 정직하게 말했다.

"저희는 머나먼 왕국에 갔었어요. 저희를 도와줄 용들과 함께 돌아왔죠. 말할 줄 아는 지하 원숭이들이랑, 우리가 찾아야 할 심연에 관한 환시도 함께요."

크리켓이 말했다.

타우는 너무 놀라 할 말을 잃은 듯했다. 브라이오니와 헴록이 당황한 시선을 주고받았다.

브라이오니가 근처에 둥글게 늘어선 바위를 가리키며 말했다.

"앉자. 자세한 얘기를 듣고 싶어."

루나는 스카이와 불프로그를 돌아보려 했지만, 작은 새끼 용이 갑자기 앞으로 펄쩍 뛰며 작은 발톱으로 루나의 다리를 끌어안았다. 녀석은 루나의 비늘에 얼굴을 바짝 대고 뭐라 속삭였다.

"아, 이런. 음. 저기, 귀염둥이야? 내 다리 좀 돌려줄래?"

루나가 말했다.

"제발 같이 있게 해 주세요. 정말 착하게 굴게요, 약속해요. 아무 말썽도 일으키지 않고 아무 불평도 하지 않을게요. 약속해요, 진짜로요."

녀석이 웅얼거렸다.

루나는 슬프고도 익숙한 연민을 느꼈다.

"돌봐 줄 용이 없어?"

루나는 녀석의 정수리를 가볍게 어루만지며 물었다.

"네. 떠나 버렸어요."

새끼 용이 말했다.

루나는 그게 죽었다는 말인지, 벌집날개에게 사로잡혔다는 말인지, 그냥 먹을 것을 구하러 갔다는 말인지 궁금했다. 새끼 용의 조용한 목소리로는 알기 어려웠다. 하긴, 부모가 있는 용이라면 공사장에 강제로 끌려가지는 않았을 것이다.

가엾은 녀석.

"나만, 더스키만 있어요. 진짜 조용히 할 수 있어요. 진짜로요. 제가 있는 줄도 모를걸요. 네?"

용이 더 작은 목소리로 말했다.

녀석은 망설이다가 조용히 덧붙였다.

"더는 어둠 속에 혼자 있고 싶지 않아요. 길을 잃어버리면 아무도 나를 찾지 않을까 봐 무서워요."

루나는 상상해 보았다. 하늘의 집이 불타 잿더미가 되어 어둡고 거대한 동굴에 가족 없이 숨어 지내는 작은 용이 되는 상상을. 평생 두려워했고, 이제는 자신도 그렇게 변할 수 있기에 더욱 두려운 대상이 된 괴물들을 피해 숨어 있는 상상을.

루나가 한쪽 날개를 접어 녀석을 끌어안았다.

"당연히 나랑 함께 있어도 돼. 어둡지 않을 테니까 걱정하지 마. 난 불꽃비단실을 아주, 아주 많이 만들 수 있어. 자, 봐. 빛은 나지만 화상을 입히지 않는 실도 있어. 앞발을 내밀어 봐."

더스키는 조심스럽게 작은 발을 내밀었다. 루나가 빛나는 비단실을 녀석의 발바닥에 조금 풀어놓았다. 더스키는 그 실을 눈가로 들어 올리고 심호흡하더니 가슴에 꼭 끌어안았다.

"이거면 귓속말이 멈출까요?"

더스키가 조용히 물었다.

"귓속말?"

루나가 되물었다.

"어둠 속 귓속말이요. 어둠 속에서 늘 귓속말이 들려요."

더스키가 말했다.

루나는 얼음물이 뚝뚝 떨어지듯 비늘 전체에 한기가 번지는 걸 느꼈다.

"무슨…… 귓속말이 뭐라는데?"

더스키는 고개를 위로 들며 검고 커다란 눈으로 루나를 보았다. 마침내 입을 연 더스키의 목소리는 너무도 약해, 루나의 빛이 비치지 않는 곳의 그림자에서 나오는 소리 같았다.

"이렇게 말해요. *넌 이제 내 것이다, 작은 용아.*"

루나는 그날 밤 제대로 잘 수 없었다. 사실, 조금이라도 잤
는지 알 수 없었다. 아침에 깨서는 밤새도록 귓속말을 들은
건지, 귓속말 꿈을 꾼 건지도 알 수 없었다.

작은 새끼 용이 옆구리에 바짝 붙어 몸을 웅크리고 있었던
것도 잠을 못 잔 이유 중 하나였다. 하지만 루나는 차마 더스
키를 떼어 버릴 수 없었다. 더스키는 루나가 준 불꽃비단실
을 부적처럼 발목에 감았다. 더스키가 루나에게 너무 바짝 붙
어 있어서, 루나는 호수에 갔다가 잠자리로 돌아오는 길에 더
스키에게 걸려 세 번이나 넘어질 뻔했다. 더스키는 말이 별로
없었지만, 밤중에 움찔하며 깨어나, 루나가 선잠에 들 때마다

놀라 일어나게 했다.

루나는 불꽃비단실을 그토록 많이 만들어 냈으니, 무슨 일이 일어나도 잘 수 있을 만큼 지쳤다고 생각했다. 그들은 브라이오니, 헴록, 타우, 그레이링, 주얼 부인과 함께 앉아 독정글과 머나먼 왕국에서 일어난 일을 모두 설명하며 여러 시간을 보냈다. 인간들은 이야기가 끝나기 전에 둘 다 스카이의 날개 아래로 들어가 잠들었다. 그러는 내내 루나는 더스키를 꼬리에 앉혀 놓고, 족쇄를 태워 끊고 숨어 있는 비단날개들을 위해 불꽃비단실을 만들었다.

루나는 자신이 만들 수 있는 불꽃비단실 다섯 종류에 이름을 붙이고 용들에게 선택지를 주었다. 가장 단순한 것은 황금 비단실이라고 불렸는데, 황금색으로 아른거린다는 점만 빼면 비단날개들이 만들 수 있는 은색 비단실과 대체로 비슷했다. 하지만 이 실은 빛나거나 무언가를 태우지 않았고, 평범한 태피스트리에 사용할 수 있었다. 이 실은 이곳 용들이 짜고 있던 직물에 다른 색깔을 추가하는 것 말고는 별 쓸모가 없었다.

다음은 반딧불이 비단실이라고 불렀다. 이 실은 앞발에 반딧불이를 쥐고 있을 때처럼 약간의 빛을 냈지만 타오르지는 않다.

다음은 빛 비단실로, 루나가 더스키에게 준 것과 같은 종류였다. 약간 따뜻하면서 더 밝게 빛나 일반적인 불과 비슷했지만 쥐고 있을 수 있었다. 루나가 이 비단실을 보여 주자 구경하던 비단날개 모두가 조금씩 달라고 했다. 그들은 즐거워하며 그 비단실을 각자의 뿔에 감았다. 몇 마리는 목걸이나 발찌에 엮어 두기도 했다.

루나는 작은 새끼 용이 그 비단실을 발목에 감는 걸 도와주다가 주얼 부인이 어깨 위에서 얼쩡거리며 비단실을 들여다보는 걸 발견했다.

"그런 불꽃비단실은 본 적이 없는데."

주얼 부인이 그렇게 말하며 한쪽 앞발을 내밀었다.

"만져 봐도 되겠느냐?"

루나는 약간 분노가 치미는 것을 느꼈다. 이 벌집날개는 와스프의 친척이었다. 주얼은 등에 와스프의 권력을 업고 행복하게 자신의 벌집을 다스렸다. 비단날개들을 하인으로 잡아두고 와스프의 끔찍한 통치를 강요했다. 이전에는 비단날개를 위해 어떤 일도 하지 않았고, 지금 이곳에 와 있는 유일한 이유는 자신이 잡힐 경우 와스프가 자신의 정신마저 통제하려들 걸 알기 때문이었다.

주얼도 루나의 얼굴에서 그런 감정을 읽었는지 보다 겸손하게 덧붙였다.

"부탁이다."

타우는 주얼 부인이 비단날개의 탈출을 도왔다고 했어. 주얼이 다른 벌집날개들만큼 나쁘지 않다고도 했고. 와스프 여왕이 주얼 부인의 자식들을 데려갔다고도 했지.

타우는 주얼 부인을 믿어.

그렇다고 나까지 믿어야 하는 건 아니야.

그래도 주얼 부인이 꼭 내 적이어야 하는 건 아니지.

루나는 작은 빛 비단실을 한 가닥 주었다.

"고맙구나. 이건 무척 특별해. 난 비단실의 종류가 두 가지뿐인 줄 알았어. 빛나지도 타오르지도 않는 것과 불처럼 타오르는 것 말이다. 하지만 이 종류는 등불에 쓰기에 훨씬 더 안전하겠구나. 모든 불꽃비단실이 이걸 만들 수 있는 거냐?"

주얼이 빛 비단실을 들여다보며 물었다.

"몰라요. 당신 사촌이 불꽃비단실을 모두 동굴에 가뒀고, 그 용들은 당신 사촌을 위해 불꽃비단실을 최대한 많이 만들어 내는 노예로 거기서 평생 지내고 있으니까요. 그래서 다른 불꽃비단실과 알고 지낼 기회가 별로 없었네요."

루나가 말했다.

주얼은 꾸지람을 들은 표정으로 고개를 숙였다.

"그렇지. 당연히 그렇겠구나. 미안하다."

"하지만 타오르는 종류도 만들 수 있겠지?"

헴록이 물었다.

"타오르는 종류는 두 가지 만들 수 있어요. 이건 활활 비단실이라고 불러요. 등불에 쓰는 게 이 종류일 거예요."

루나는 일반적인 불처럼 타오르며 빛을 내는 실을 작게 한 가닥 뽑아내 더스키의 머리 위로 들었다. 더스키가 그쪽으로 손을 뻗었다.

"안 돼, 꼬마야. 이건 만지면 다쳐."

헴록이 돌 통을 내밀자 루나는 활활 비단실을 그 안에 조심스럽게 넣었다.

"그리고 이게 마지막 종류예요. 자주 쓰게 되지는 않겠지만요."

루나의 발목에서 나온 실이 너무도 밝아, 근처의 모든 용이 눈을 가렸다. 불꽃비단실은 꼭 루나의 발바닥을 지글지글 태우는 번갯불 같았다.

"이건 태양 비단실이라고 불러요. 한 번에 조금씩밖에 못 만들어요."

루나가 말했다.

헴록이 다른 돌 통을 내밀자 루나가 고개를 저었다.

"그 통도 태워 버릴 거예요. 물로 꺼야 해요."

더스키까지 포함해 모든 용이 옆으로 비켰다. 루나는 비단실을 자기 날개 한쪽 구석에 가볍게 올려놓고 호수로 내려가, 불이 꺼질 때까지 물속에 집어넣고 있었다.

"평범한 불을 피우려는 거라면 활활 비단실이 더 쓸모 있어요. 그걸 좀 드릴까요, 아니면 빛 비단실만 드릴까요?"

루나가 둥근 바위 구역으로 돌아오며 말했다.

"둘 다 부탁해. 불을 피우고 계속 살려 둘 수 있다면 불꽃비단실이 희미해진 뒤에도 불을 켤 수 있을 거야."

브라이오니가 대답했다.

"전에 불꽃비단실이 있을 때 그 생각을 했어야 하는 건데."

포크위드가 투덜거렸다.

"그때는 이 아래에 이렇게 오래 있을 줄 몰랐지."

브라이오니가 포크위드에게 말했다. 그 말에 주변 모든 용들의 표정이 매우 우울해졌다.

이곳 비단날개들은 블러드웜 벌집, 주얼 벌집, 만티스 벌집 출신이었다. 그들은 시나바가 다른 벌집의 비단날개들에게 경고하러 떠났다는 걸 알았지만, 그중 동굴에 나타난 용은 한 마리도 없었다. 그들이 다른 어딘가에 안전하게 숨은 것인지, 아니면 모두 와스프 여왕에게 잡힌 건지, 정확히 아는 용은 아무도 없었다.

그들은 몇 차례 먹이를 구하러 갈 때 비단날개들이 벌집날개와 대형을 이루어 날아가는 걸 보았으므로 최소한 비단날개 중 몇 마리는 사로잡혔다는 걸 알고 있었다. 하지만 그들은 악의 숨결이나 다른정신에 대해서는 알지 못했다. 그중 일부는 저 바깥에 용을 조종하는 악의적인 존재가 또 하나 있다는 말을 믿지 않았다. 독 정글에서 봤던 빙의된 잎날개에 관해 크리켓이 이야기를 들려주었음에도 그들은 여전히 그게 와스프 여왕의 짓이라 생각했다.

그러나 문의 예언에는 모두가 매료되었다. 루나는 모두에게 희망의 떨림이 번지는 걸 보았다. 집을 잃고 굶주리던 이 모든 용들이 갑자기 허리를 세워 앉고 각자의 빛 비단실을 어루만지거나 옆 자리 용의 날개를 쓸어 주었다. 그들은 클리어사이트의 책에 대해서는 신뢰를 잃었지만, 예언의 마법에 대한 믿음까지 버린 건 아니었다.

"심연에 대해서는 전혀 몰라. 하지만 여기서 그리 멀지 않은 곳에 그…… 뭐랬더라? 인간? 그것들의 정착지가 있어. 난 그 인간들이 물을 얻으러 가는 곳을 알아."

타우가 말했다.

"*정말? 나한텐* 그런 말 안 했잖아!"

포크위드가 코웃음쳤다.

"네가 인간들을 먹을까 봐 그랬지."

타우가 합리적인 목소리로 말했다.

"그래, 바로 먹었을 거야! 그게 중요한 점이라고!"

포크위드가 쏘아붙였다.

"만약 먹었다면, 지금 이 순간 넌 아주 끔찍한 기분일 거야. 내 생각인가."

타우가 지적했다.

"그렇다 해도 이렇게까지 배가 고프진 않았겠지."

포크위드는 투덜대며 물러났다.

비단날개 몇 마리가 역겹다는 듯 그를 보았다. 처음으로 만난 엄청나게 많은 용들이 대체로 판탈라의 채식주의 용이라는 건 렌과 악솔로틀에게 다행스러운 일이었다. 인간이 똑똑하며 의사소통할 수 있고 잡아먹혀서는 안 되는 존재라는 사실을 받아들이는 데 어려움을 느끼는 비단날개는 한 마리도 없었다.

물론, 비단날개는 얼룩말, 영양, 바닷가재, 미어캣도 똑같다고 느꼈다. 스카이는 엄청나게 즐거워하며 렌에게 이 점을 지적했다.

반면 주얼 부인은 일행 중 인간을 소개하자 아가미 주위가 두드러지게 초록색으로 질렸다. 주얼 부인은 렌과 악솔로틀이 포유류의 가죽을 벗고, 실은 변장한 용이라는 걸 드러내기를 바라듯 계속 둘을 바라보았다.

"우리를 거기로 데려다줄 수 있어? 인간의 정착지로 말이야."

크리켓이 타우에게 물었다.

타우가 고개를 끄덕였다.

"내일. 너희가 한숨 자고 나서."

"여기가 전갈 호수랑 가까워? 혹시 썬듀랑 링크스랑 다른 용들이 우리를 찾으러 올지도 모르니까, 용 몇 마리를 그리로 보내서 망을 보게 할 수 있을까?"

루나가 물었다.

"그래. 내가 직접 가겠다. 멀지 않아."

헴록이 즉시 말했다.

"블러드웜 벌집의 번데기 용도 몇 마리 같이 보내겠습니다. 큰 호수잖아요. 그들을 놓치지 않도록 사방에 용을 배치해야 할 거예요."

그레이링이 말했다.

헴록은 그레이링의 꼬리와 얽혀 있던 초록색 꼬리의 브라이오니를 힐끗 보고 고개를 끄덕였다.

루나가 나눠 준 불꽃비단실의 빛과 온기가 동굴을 가득 채웠다. 둥글게 늘어선 바위 한가운데에서는 불꽃이 타닥거렸다. 좀 더 시끄러워지기도 했다. 빛이 용들에게 다시 생기를 불어넣은 듯 동굴은 목소리로 가득했다.

하지만 그게 전부 용들의 목소리였을까?

상상일 뿐일까, 아니면 루나도 용들의 목소리 아래에 얽혀 있는, 더스키가 들었다던 귓속말을 들은 걸까?

내게로 와라, 꼬마 용아.

너는 내 것이다.

나를 찾아라…….

해가 뜰 무렵 루나는 기진맥진한 채로 눈을 떴다가, 옆에서 연한 갈색과 황금색이 섞인 비늘의 비단날개가 더스키를 보고 있는 걸 발견했다. 새끼 용은 이제야 정말로 잠에 빠져 루나의 옆구리 오목한 부분에 축 늘어져 있었다. 더스키의 불꽃 비단실 발찌는 여전히 더스키의 가슴 가까이에 말려 있었다.

"미안하구나."

갈색 비단날개가 루나의 눈을 보더니 속삭였다.

"널 깨울 생각은 없었다. 나는 화이트스펙이야. 더스키의 상태를 확인해 보고 싶어서."

"더스키 가족이세요?"

루나가 물었다.

화이트스펙은 날개를 축 늘어뜨리며 고개를 저었다.

"더스키의 가족은 전부 죽거나 실종됐어."

그는 더욱 조용히 말하더니, 망설이다가 덧붙였다.

"더스키의 엄마는 더스키가 알에서 나오기도 전에 비니거 룬 벌집으로 보내졌어. 더스키의 아빠는 더스키가 한 살이던 1년 전에 나무밥 공사 사고로 죽었고."

"아, 이런. 하지만 더스키의 족쇄에는……."

루나가 숨죽여 말했다.

화이트스펙이 한숨을 쉬었다.

"블러드웜 벌집의 규칙은 아주 엄격하단다. 각 가정의 용한 마리가 반드시 블러드웜 부인의 프로젝트에 참여해야 하거든. 어린 고아 한 마리밖에 안 남았더라도. 더스키의 아빠가 죽은 날에 놈들이 와서 더스키를 끌고 가더니, 더스키의 아빠가 일하던 공사장에서 일하게 했어. 더스키는 시간을 쪼개서 그 공사장이랑 학교에 다녀야 했고."

"끔찍하네요."

루나가 속삭였다.

"그게 내가 번데기에 가담한 이유야. 더스키의 아빠가 내 친구였거든. 그 이후로 난 더스키를 돌봐 주려고 노력해 왔단 다. 하지만 나한테는 도와줄 동반자도 누구도 없어. 체체 벌 집에서 블러드웜 벌집으로 보내지는 바람에 가족을 모두 두고 왔거든. 놈들은 내가 더스키를 입양하게 해 주지도 않아. 그래서 내가 돌봐 주고 싶은 만큼 봐 줄 수가 없더구나."

화이트스펙이 말했다.

그는 잠시 말을 멈추고 심호흡하더니 덧붙였다.

"미안하다, 너무 말을 많이 했구나."

"아뇨, 말해 주셔서 감사해요. 더스키에 대해서 궁금했는데, 더스키가 말하기 싫어하면 굳이 묻고 싶진 않았거든요."

"너희 둘 다에게 먹을 걸 가져다주마."

화이트스펙이 일어나며 말했다.

"전 괜찮아요."

루나가 말했다. 루나는 주변에 구할 게 별로 없다는 것도, 이 용들이 자신보다 훨씬 더 오랜 시간 배고프게 지냈다는 것도 알고 있었다.

"하지만 더스키에게 줄 게 있으시다면 고맙게 받을게요. 감사합니다."

타우를 따라 인간 정착지로 갈 준비를 하던 중에 루나는 더스키를 설득해서 남아 있도록 하려 했으나, 더스키는 루나에게 달라붙어 떨어지지 않았다.

"괜찮을 것 같아."

렌이 작인 용의 머리를 쓰다듬으며 말했다. 더스키는 쑥스러운 듯 렌의 손길에서 물러나 루나의 비늘에 얼굴을 묻었다.
새끼 용은 낯선 생김새의 새로운 용이나 크리켓 등 누구에게
도 거부감이 없는 것 같았지만, 인간은 그야말로 두려워했다.

"우린 그냥 동굴에 가 보고, 인간을 찾을 수 있는지 알아보
기만 할 거야. 오늘은 심연에 가지 않아. 확인만 할 거니까 더
스키가 따라와도 돼."

"제발, 제발 같이 가게 해 주시면 안 돼요? 절대 말썽 안 부
릴게요. 약속해요."

더스키가 말했다. 더스키는 엄청나게 크고 슬픈 눈으로 루
나를 보았다.

루나가 물러나, 더스키를 들어 등에 업었다.

"알았어. 하지만 정말 조심해야 해. 알겠지?"

"세상에서 최고로 조용한 용이 될게요. 약속, 약속해요."

더스키가 루나의 목에 파고들며 말했다.

이제 보니 악솔로틀이 새끼 용들에게 둘러싸여 있었다. 새
끼 용들은 영리한 인간을 누가 반려동물로 키울 것인지 말다
툼하는 중이었다.

"내가 제일 먼저 봤어! 그리고 봐, 날 가장 많이 보잖아!"

분홍색 용이 말했다.

악솔로틀이 냄새를 맡으라는 듯 손을 내밀었다. 그러나 분

홍색 용은 악솔로틀의 손을 앞발로 꽉 잡고 홱 아래로 잡아
당겨 악솔로틀의 어깨에 올라탔다.

"불공평해! *아빠아아아! 나도* 반려 인간 갖고 싶어요! 나한
테는 아무도 이상하게 생긴 동굴 포유류를 키우지 못하게 하
잖아요!"

주황색 용이 소리쳤다.

"음······ 먹는 거 아니야."

악솔로틀이 조심스레 말했다. 악솔로틀은 자신의 작은 쇄
골에 걸쳐 있는 분홍색 용의 꼬리를 쓰다듬었다.

"와아, 얼마나 똑똑한지 좀 봐!"

분홍색 용은 악솔로틀의 머리를 두 앞다리로 감싸며 소리
쳤다.

"그리고 말랑말랑해! 난 애들을 사랑하고 안고 **뭉개 주고**
싶어!"

"아, 이런. 악솔로틀한테 '뭉개는 건 안 돼'라는 말도 가르쳤
어야 했는데."

렌은 말다툼하는 새끼 용들 사이로 헤치고 들어가, 악솔로
틀에게서 그들을 단호히 떼어 냈다. 악솔로틀은 헝클어지고,
당황하고, 약간은 홀린 듯한 표정이었다. 렌이 작은 용들을
꾸짖었다.

"반려동물 *아니야.* 인간은 **친구**일 수는 있어도 **반려동물**일 수는 없어."

"친구!"

악솔로틀은 둘이서 연습해 오던 단어 중 하나를 붙잡고 용의 언어로 소리쳤다. 그들은 웅크리고 있는 분홍색 새끼 용의 한쪽 앞발을 꼭 잡았다.

"친구."

악솔로틀이 미소 지으며 다시 말했다.

분홍색 새끼 용이 활짝 웃었다.

"더스키, 봐! 이 인간은 누구보다 날 좋아해!"

더스키는 몸을 떨더니 루나의 목에 코를 박았다.

"내가 *어떤 용*처럼 **말썽꾸러기**가 아니기 때문이겠지."

분홍색 새끼 용이 주황색 새끼 용에게 혀를 내밀었다.

"아아아아아아아아. 대체 왜애애애? 우린 데리고 놀 복슬복슬한 인간이 필요하단 말이야! 저 용은 *네가 자기* 반려동물이라고 말했는걸!"

주황색 새끼 용이 렌에게 툴툴댔다.

스카이는 아무것도 모른다는 표정을 지으려는 노력을 끔찍하게 못하고 있었다.

"스카이!"

렌이 발을 굴렀다.

"그런 화난 표정 짓지 마! 저 용들이 너를 잡아 두려고 했단 말이야! 난 저 용들에게 우리가, 너와 내가 함께라는 걸 알리고 싶었어!"

스카이가 반항했다.

"가장 친한 친구라고 말할 수도 있었잖아. 아니면 내가 **여러 번** 네 목숨을 구해 줬다거나. 아니면 누구도 인간을 길러서는 안 된다거나! 모든 달을 걸고, 진심으로, **정말이야.**"

렌이 말했다.

"너희는 인간을 키우면 안 돼. 하지만 장담하는데 정말 귀여운 동굴 달팽이는 키울 수 있을 거야!"

스카이가 새끼 용들에게 엄하게 말했다.

"어쨌든, 걔들이 저 인간보다 착할걸."

스카이가 목소리를 낮추고 속삭였다.

"네가 귀여워서 다행이지."

렌이 고개를 저으며 말했다. 렌은 악솔로틀에게 뭔가 말하더니 용의 언어로 루나에게 덧붙였다.

"더스키를 보니까, 아기 스카이가 생각나. 비늘색은 완전히 다르지만 얼굴이 상냥해. 스카이도 가족이 없었고."

"대신 네가 있었지."

스카이는 애정을 담아 꼬리로 렌을 쿡 찌르며 말했다.

"뭐, 운이 좋아서 날 만난 거지."

렌이 씩 웃으며 말했다.

타우는 그들을 데리고 큰 동굴로 나갔다. 한동안 그들은 구불구불한 바위 통로를 기어오르고 또 걸었다. 천장이 높은 동굴에서 루나는 왜 날지 않는 건지 궁금해하다가 타우의 한쪽 날개가 좀 달랐다는 게 기억났다. 루나는 타우에게 주얼 벌집에서 이 먼 곳까지 어떻게 왔는지 물어보고 싶었지만, 실례가 되는 질문일지도 몰랐다. 타우는 자기 문제를 해결하는 것도, 도움이 필요할 때 다른 용에게 요청하는 것도 잘하는 용처럼 보였다.

그들은 한동안 긴 강을 첨벙거리며 건넜다. 엷은 색의 눈 없는 물고기가 그들의 발톱 사이로 빠르게 지나갔다. 크리켓과 브라이오니가 한 마리를 잡으려 했지만 실패했다. 이어 불프로그가 시도해 성공하더니, 대단히 자랑스러운 표정으로 게걸스럽게 물고기를 삼켰다. 얼어붙을 듯한 물이 루나의 날개까지 올라와 배 근처에서 출렁이며 때로 코에 튀었다.

강은 좁아지다가 두 개의 바위벽 사이 좁은 틈새로 휘어졌다. 그들은 차례로 틈새를 비집고 들어갔다. 타우, 인간들과 스카이, 더스키와 루나, 브라이오니, 크리켓, 마지막으로 불프로그가 지나갈 때는 몸부림치며 몸을 더 끼워 넣어야 했지만, 결국 그는 불만스럽게 **끙** 소리를 내며 반대편 얕은 물로 철퍽 떨어졌다.

"이거야."

타우가 말했다. 타우는 아래쪽 동굴을 꼬리로 휙 가리켰다. 강이 그들의 발톱을 쓸며, 용 두 마리의 키 정도 되는 폭포가 되어 넓고 물결치는 웅덩이로 쏟아졌다. 루나는 검은 물속에서 옅은 색 물고기들이 아른거리는 것을 볼 수 있었지만 인간은 보이지 않았다.

크리켓이 첨벙거리며 물에서 나와 바위 가장자리에 웅크리고 앉아 아래를 보았다.

"여기서 인간을 봤어?"

크리켓이 타우에게 물었다.

"두어 번. 냄새 안 나?"

타우가 대답했다.

루나는 킁킁거렸지만, 바로 옆의 렌과 악솔로틀에게서 나는 냄새와 새로운 털북숭이의 냄새를 구분하기 어려웠다.

"다른 뭔가가 있어."

타우가 브라이오니를 돌아보았다. 브라이오니는 타우의 짧은 날개를 한쪽 날개로 받치고 함께 아래쪽 동굴로 미끄러져 내려갔다. 루나와 다른 용들은 웅덩이 반대편 물가로 돌아나가 물속으로 앞발을 뻗는 타우를 따라갔다.

타우가 물속에서 작은 장치를 꺼냈다. 루나는 잠시 후에야 그게 일종의 그물이라는 걸 알아챘다. 물고기들이 헤엄쳐 들어갈 수는 있지만 다시 나올 수는 없도록 고안된 것으로, 지금은 안에 꿈틀거리는 물고기 세 마리가 있었다.

"와."

크리켓이 숨죽여 말했다. 크리켓은 서둘러 다가가 장치를 자세히 살펴보며 안경을 고쳐 쓰고 눈을 깜빡거렸다.

"이게…… 인간들이 이걸 만든 걸까?"

"렌은 그런 거 만들 수 있어. 렌은 뭐든 만들 수 있어! 늘 희한한 발명품으로 물고기를 잡거든!"

스카이가 우스꽝스럽게 변호하는 말투로 말했다.

"이런 게 몇 개 더 있어."

타우가 말했다. 타우는 장치를 다시 물에 담갔다.

"인간들은 저기서 나오는 것 같아."

타우는 벽 높은 곳의 구멍을 가리키며 덧붙였다. 다시 보니, 구멍에서 호숫가로 내려오는 이상한 오솔길이 루나에게도 보였다. 돌에 정으로 새긴 계단이었다.

"악솔로틀이랑 내가 오늘 남은 시간 동안 여기 있다가, 호수로 오는 사람을 만나 볼까? 인간들을 겁줘서 쫓아 버릴 거대한 용들 없이 말이야."

렌이 말했다.

스카이가 코웃음 쳤다.

작게 부스럭거리는 소리가 뒤쪽에서 들렸다.

루나는 휙 돌아보다가 실수로 더스키에게 물을 튀겼다. 동굴의 어두운 구석을 유심히 살폈으나, 종유석 위에 루나의 빛 비단실이 긴 그림자를 드리우고 있을 뿐이었다. 잠시 루나는 뭔가 움직이는 게 보인다고 생각했고⋯⋯.

저기다. 아니, 저기야! 아, 아니⋯⋯ 아무것도 아닌지도 몰라⋯⋯.

그때 뭔가가 머리 위에서 반짝였다. 루나는 고개를 들었다. 야위고 덥수룩하며 으스스한 어떤 *존재*와 눈이 마주쳤다.

그 존재는 루나가 자기를 보고 있다는 걸 알았지만 전혀 움직이지 않았다. 조금의 움직임도 없었고 근육에 힘을 넣지도 않았다. 루나가 전혀 두렵지 않은 듯했다. 루나는 그 존재가 인간과 비슷하다고 생각했지만, 그는 무릎과 팔꿈치를 아플 정도로 심하게 꺾은 채 거미 같은 자세를 취하고 있었다. 팔은 루나의 더듬이만큼 가늘었다. 그 존재가 움직이면서 엉킨 머리카락과 턱수염이 땅에 스쳤다. 피부는 눈 없는 물고기처럼 연한 색이었지만 자연스럽지 않았다. 모든 피가 빨려 나간 듯한 느낌이었다. 그리고 눈은…… 해조류 같은 초록색 막으로 뒤덮인 듯 보였으나 동시에 루나의 영혼을 똑바로 들여다보는 것 같았다.

루나는 참지 못하고 소리를 지르며 펄쩍 뛰어 물러나다가 휘청거리며 웅덩이 더 깊은 곳에 빠졌다. 그래도 인간은 움찔하지 않았다. 다만 털북숭이 얼굴에 틈새가 생기더니 점점 넓어져, 잔인한 미소를 흉내 낸 듯한 표정과 썩은 이빨을 드러냈다.

"왜 그래?"

브라이오니가 루나 옆으로 첨벙거리며 다가와 물었다. 루나는 발톱으로 위쪽을 가리켰고 모든 용이 돌아서서 돌출부의 이상한 생명체를 쳐다보았다.

렌이 두 손을 내밀며 인간어로 차분하게 진정시키는 말을 건넸다. 아무 반응이 없자 렌은 용의 언어로 덧붙였다.

"대신 이 언어는 이해해? 이 용들은 널 해치지 않을 거야."

생명체는 갑자기 벌떡 일어나 그들에게 식식대더니 바위틈으로 빠르게 사라졌다.

~11~

"너무 소름 끼쳤어. 인간이 소름 끼칠 수 있다는 건 몰랐는데."

브라이오니가 몸을 떨면서 렌과 악솔로틀을 내려다보았다.

"인간이 **맞긴** 해? 확실한 거야? 우리가 아직 발견하지 못한 다른 이상한 게 아니고?"

크리켓이 물었다.

"내 생각에는 인간이었던 것 같아. 근데 뭐가 잘못된 건지 모르겠어."

렌이 말했다.

렌은 악솔로틀에게 뭔가 말했다. 악솔로틀도 똑같이 아리

송하다는 표정으로 두 손을 들었다.

더스키는 다시 루나의 목에 얼굴을 묻고 떨고 있었다. 루나는 불안하게 두 날개를 비비다가 위쪽으로 앞발을 뻗어 새끼 용을 품에 안았다. 더스키를 달래기 위해서이기도 했고, 자신을 달래기 위해서이기도 했다. 루나는 아주 작은 렌과 대퍼딜과 악솔로틀과 오셀롯이 여럿 있을 거라고 기대했다. 침착하고 똑똑한 작은 생명체들 말이다. 불안하고 위험해 보이는 형태의 인간은 상상해 본 적이 없었다.

루나는 어느 순간에든 산산이 조각날 수 있는 얇은 유리처럼 희망이 흔들리는 걸 느꼈다.

안개에 빠지지 마, 루나. 걱정이 이기게 두지 마.

"인간은 무서워요."

더스키가 루나의 귓속에 속삭였다. 그의 숨결에서는 아침에 먹은 야생 당근 냄새가 났다.

"모두가 그런 건 아니야. 렌이랑 악솔로틀은 친절해. 그리고 좀 귀엽지 않아?"

루나가 마주 속삭였다.

"인간들에 대한 나쁜 꿈을 꿨어요."

더스키가 말했다. 너무도 조용해 거의 들리지도 않는 목소리였다.

"날개가 돋을 때까지만 기다려. 그때가 되면 아무것도 무섭지 않을 거야. 나도 날개가 생긴 지 얼마 안 됐는데, 얼마나 강해졌는지 봐."

루나가 더스키의 머리를 쓰다듬으며 말했다.

"그리고 무서워해도 괜찮아."

크리켓이 예상치 못하게 말했다. 루나는 크리켓이 둘의 말소리를 들을 만큼 가까이 있는지도 몰랐다. 크리켓이 더스키에게 한쪽 앞발을 내밀자 더스키가 거기에 코를 대고는 눈을 깜빡이며 크리켓을 쳐다보았다.

"누구나 무서워할 때가 있어. 슬퍼하기도 하고, 걱정하기도 하고. 아까 그건 나도 무서웠어, 더스키. 그럴 땐 언제든 우리한테 얘기해도 돼."

크리켓이 말했다.

슬플 때마다 내 마음을 누군가에게 말하면 어떤 기분일까? 다른 용들에게는 그게 당연한 일일까?

루나는 의아했다.

"따라가야 할까?"

렌이 돌출부 쪽으로 향하며 물었다.

스카이가 즉시 반대했다.

"**절대** 안 돼. 네가 그것 근처에 가게 놔두진 않을 거야! 순식간에 널 먹어 치울 것 같았다고."

스카이는 최대한 엄격하고 단호한 표정으로 렌을 노려보았다.

"널 여기에 혼자 두지도 않을 거야. 그게 돌아와서 널 잡아갈 수도 있어. 네가 뭐라고 하든 난 여기 남아서 널 지킬 거야."

"네가 근처에 거대하게 자리 잡고 서서 무서운 척하고 있으면 아무도 다가오지 않을 거야, 스카이."

렌이 허리춤에 두 손을 올렸다.

"잘됐네. 난 *실제로* 무서운 존재야! 놈들도 그걸 알아야지!"

스카이가 말했다.

"심연을 숭배하는 자들이 모두 저렇게 생겼으면 어쩌지? 심연이 인간들을 소름 끼치게 만든 걸지도 몰라."

브라이오니가 걱정스럽게 꼬리를 탁 치며 말했다.

렌이 벽을 기어올라 돌출부로 가려는 순간, 스카이가 앞으로 불쑥 나가 앞발을 오므리고 렌을 감쌌다.

"*렌*, 심연이 인간에게 저런 짓을 할 수 있다면 넌 *거기 가면 안 돼*. 난 네가 무시무시한 머리카락 괴물이 되게 놔두지 않을 거야."

스카이가 간절하고도 진지하게 말했다.

렌이 스카이의 가장 가까운 발톱에 한 손을 얹고 오랫동안 스카이를 올려다보았다. 시선만으로 도서관 하나를 통째로 채울 만한 양의 의사소통을 하는 것 같았다.

마침내 렌이 말했다.

"그러지 마. 난 내 머리카락이 있는 그대로 좋으니까."

"돌아가자. 그냥 집으로 가는 건 어때?"

스카이가 기대를 담아 말했다.

"네가 도와주고 싶다고 했잖아, 스카이. 잘 들어. 넌 내가 무시무시한 머리카락 괴물이 되지 않도록 보호해 주고, 난 네가 흰 눈의 암살자 좀비가 되지 않도록 보호해 줄게. 어때?"

렌이 스카이를 부드럽게 쿡 찌르며 일깨워 주었다.

스카이가 한숨을 쉬었다.

"좋아. 근데 그러다가 무모한 영웅이 필요한 순간이 오면, 이번엔 내 차례야."

그들이 대화하는 동안 크리켓은 머리카락 짐승이 숨어 있던 돌출부로 날아올랐다. 크리켓은 돌출부를 따라 어슬렁거리며 바위벽을 만져 보고 그림자를 자세히 살폈다.

"여기 우리 중 몇 마리는 지나갈 수 있을 만한 틈새가 있어. 가 봐야 할까? 보기라도 하게?"

크리켓이 생각에 잠겨 말했다.

"그 틈새가 심연으로 이어지면? 그럼 어쩌지?"

불프로그가 물었다.

"돌아와야지. 착한 무지개 용들이 잔뜩 있는 동굴로 돌아가서, 모닥불 파티를 한 번 더 해도 좋고. 뭐가 됐든 귀신 이야기와 반대되는 이야기를 하며 밤을 보내자. 예를 들어, '옛날 옛적에 거북 한 마리가 있었는데, 거북이 더 귀여운 거북을 만나 그야말로 대단히 사랑스러운 거북 새끼들을 낳고 햇빛 찬란한 곳에서 영원히 살았어요. 거북들이 사는 동안 아무도 단 한 번도 그 녀석들을 먹을 생각은 하지 않았답니다, 끝.' 같은 거."

스카이가 재빨리 말했다.

"난 심연으로 날아 들어갈 거야. 지금 당장이라도! 그 아래 뭐가 있길래 예언이 통째로 그 존재를 다뤘는지 알고 싶어."

브라이오니가 말했다.

"우리 모두 그래야 하지 않아? *'깊은 곳에 묻힌 비밀이, 들여다볼 용기 있는 자들을 구원하리라.'* 예언에 바로 그 말이 나오잖아. 가서 봐야 해."

크리켓이 이마를 문지르며 눈가에 주름을 잡았다.

"하지만…… 썬듀는? 쓰나미랑 문이랑 링크스랑 파인애플도. 걔들은 어떡하지? 예언에 *'단합된 발톱으로 크나큰 악과 마주하라.'*라는 말도 있잖아? 참여하는 부족이 절반밖에 안 되면 완전히 잘못되는 거 아냐?"

루나가 말했다.

"그 말이 맞아. 그 용들에게 우리를 찾을 시간을 이틀쯤 더 줄 수 있지 않을까?"

스카이가 기대를 담아 말했다.

"더 앉아서 기다리라니. 아니, 사양하겠다."

불프로그가 툴툴댔다.

"**보기는** 하되, 아직 **마주하지는** 않는 건 어때? 일단은 조심스럽게 정찰만 하는 거야. 내가 그냥…… 이 틈새를 지나서 둘러보고 바로 돌아올게."

크리켓이 말했다.

"같이 가."

루나는 자기도 모르게 그렇게 말하고 놀랐다.

"아니, 아니, 안 돼요."

더스키가 속삭였다.

새끼 용이 너무 심하게 떨고 있어서 루나는 뼛속까지 메아리치는 진동을 느낄 수 있었다.

"넌 타우랑 있어. 바로 돌아올게. 알았지?"

루나가 품에서 더스키를 내려놓으며 말했다.

타우의 품에 넘겨 주자 더스키는 작고 슬픈 소리를 냈지만 말대꾸하지는 않았다.

더스키를 위한 태피스트리를 짜 주고 싶어. 위로가 되는 것으로. 날개가 나면 어떤 모습일지 보여 주는 것이어도 좋겠지. 뭘 기대해야 할지 떠올릴 수 있도록. 한가운데에는 겁먹은 표정이 아니라 행복한 표정으로 날아가는 더스키가 있고, 뒤에는 더스키가 믿는 용들이 함께 날아가며 더스키를 지켜 주고. 렌이랑 악솔로틀도 넣을까? 땅에서 손을 흔들거나 더스키의 친구들과 함께 날아가는 모습으로. 그걸 보면 인간도 안전하고 친절하다는 걸 떠올릴 수 있을 거야.

루나는 그 태피스트리의 색깔과 구도를 상상하면서 걱정과 슬픔이 약간 줄어드는 것을 느꼈다. 덕분에 딴 곳으로 생각을 돌린 루나는 크리켓과 함께 돌출부로 올라갔다. 상상이 두려움을 뭉개 버리는 데도 도움이 되어, 벌집날개를 바짝 따라가 작은 틈새를 비집고 들어갈 수 있었다.

루나의 불꽃비단실이 양방향으로 뻗은 길고 어두운 통로를 비추었다. 크리켓과 루나가 둘 다 웅크려야 할 만큼 천장이 낮았다. 털이 북슬북슬하고 식식대는 생명체의 흔적은 없었다.

"어느 쪽일까?"

크리켓이 속삭였다.

뭔가가 불꽃비단실의 빛을 받아 왼쪽에서 반짝였다. 루나

가 가리키자 크리켓이 고개를 끄덕였다. 그들은 크리켓이 앞
장서는 가운데 그쪽으로 살금살금 기어갔다.

알고 보니 반짝이는 것은 다이아몬드였다. 다이아몬드가 몇
개나 있고 루비와 에메랄드도 있었다. 보석들은 새로운 통로
로 이어지는 아치 바깥쪽을 감싸는 디자인으로 벽에 박혀 있
었다.

크리켓이 발톱으로 벽을 쓸어 보며 루나에게 속삭였다.

"네가 보기에도 덩굴 같아?"

루나는 고개를 끄덕였다. 에메랄드 덩굴, 다이아몬드 꽃,
어둡고 피처럼 붉은 루비가 사방에 있었다.

"인간들이 만든 것 같아. 마을에 가까워졌다는 뜻인지도
모르겠는데. 아직 인간은 보이지 않아. 근데 이 땅굴 벽에 뭔
가가 있어."

루나가 조용히 말했다.

그들은 아치를 지났다. 루나의 불꽃비단실 빛을 받아 돌벽
이 살아났다. 형체들이 빠르게 움직이는 그림자처럼 벽면에
스쳤다. 루나는 머리카락 짐승이 달려온다는 생각에 비명을
지를 뻔했지만, 곧 그게 그림이라는 걸 깨달았다. 양옆의 땅
굴 벽과 천장까지 그림이 뒤덮고 있었다.

"그림이야."

크리켓이 그림을 더 자세히 보려고 몸을 숙이며 경이롭다는 목소리로 말했다.

"어떤 이야기 같은데? 인간들이 만든 게 틀림없어. 안 그래? 정말 많다……."

벽과 천장이 온통 인간들의 작은 그림으로 뒤덮여 있었다. 이렇게 많은 인간이 나오는 이야기라니 이상했다. 무슨 이야기인지 힌트가 될 만한 글이 없으니 더 그랬다. 게다가 루나가 보기에 용은 한 마리도 없었다.

아니, 잠깐. 한 마리가 있었다. 통로를 따라 조금 더 나아가자 천장 부근에 콧구멍에서 김을 뿜으며 동굴에 똬리를 틀고 있는 용 그림이 있었다.

루나는 땅굴을 따라가며 그림을 구경했다. 벽은 서로를 비추는 듯했으며 대체로 인간들이 인간의 일을 하는 모습으로 뒤덮여 있었다. 그러다가 다시 용이 나왔다. 이번 용은 웅크린 인간들 무리 위로 낮게 날아갔다. 더 나아가자 또 한 번, 다시 동굴로 돌아와 발치에 뼈를 흩어 놓고 있는 용이 나왔다. 루나는 몸을 떨었다. 뭐든 동물을 먹는다는 생각만 하면 안절부절못하는 마음이 들었다. 똑똑하고 자의식이 있는 동물을 먹는 상황은 더 그랬다.

이 용들은 자기가 뭘 먹는지 몰랐어.

루나는 자신을 타일렀다. 하지만 이런 이야기를, 자신과 같은 용들이 무시무시하고 위험한 악당으로 나오는 이야기를 보니⋯⋯ 자신이 누구인지 모르겠다는 이상하고도 정신 나간 기분이 들었다.

통로를 따라 나아갈수록 그림은 점점 더 불안해졌다. 용이 더 많이 나타났는데, 대부분 조그만 인간들을 따라다녔다. 수많은 뼈 그림이 벽의 텅 빈 공간을 채웠다. 몇몇 용의 입에서는 인간의 작은 다리가 삐죽 튀어나와 있었다. 불붙은 인간의 집들과 불붙은 작은 인간들도 있었다.

루나는 그림 하나를 만져 보며 생각했다.

내 예술은 이렇지 않을 거야. 이런 종류의 이야기는 다른 용들이 하면 돼. 난 내 태피스트리가 용들을 행복하게 만들었으면 좋겠어. 난 용과 인간이 나란히 서서, 서로 소통하고 평화롭게 살아가는 모습을 보여 줄 거야. 용들이 태피스트리에서 그 장면을 보면, 정말로 그렇게 살고 싶어질지도 몰라.

"이건 판탈라의 용들이 아니야. 알아챘어? 이 용들은 모두 날개가 두 개고 불을 뿜어."

크리켓이 조용히 말했다.

"아."

루나가 용들을 더 자세히 살펴보며 말했다. 그걸 알아챈 크리켓이 영리하다는 걸 인정할 수밖에 없었다. 그 점을 스스로 인정하고 나니, 한동안 크리켓에게 전혀 화가 나지 않았다는 사실을 깨달았다. 여행을 하는 동안 루나의 머릿속에서 크리켓은 잔인한 종족 '벌집날개'를 대표하는 용이 아니라 그리 나쁘지 않은 한 마리의 용 '크리켓'이 되었다.

"네 말이 맞아. 그게 무슨 의미일까? 어떻게 여기, 판탈라에 파이리아 용들 그림이 있지?"

"내 생각엔 아주 오래된 그림 같아. 같은 용들이 두 대륙을 날아다니던 시대에 만들어진 걸지도 모르겠어."

크리켓이 비명을 지르는 작은 인간 그림을 한쪽 발톱으로 가볍게 쓸어 보며 말했다.

"흐음."

루나가 미심쩍게 말했다. 루나는 완전히 이해가 되지 않았다. 이 대륙에 불을 뿜는 날개 두 개짜리 용들이 있었다면, 왜 지금은 존재하지 않는 걸까?

불붙은 작은 광장, 불붙은 나무들도 있었다. 비명을 지르는 인간의 얼굴을 표현한 듯한 몇몇 원을 빼고는 불길이 벽을 넓게 뒤덮고 있었다. 그림이 어떤 일을 표현하고 있는 건지 몰라도 루나는 정말이지 이 이야기가 마음에 들지 않았다.

"아!"

크리켓이 소리쳤다. 크리켓은 루나의 앞발을 잡고 불 그림을 가리켰다.

"루나! 불프로그가 우리한테 말해 준 게 이걸까? 그…… 잿더미랬나? 대화재랬나? …… 아니, 초토화다!"

루나가 헛숨을 들이켰다.

그럴 수도 있을까?

"이게 인간들의 관점이야!"

루나가 소리쳤다.

"엄청난 불과 죽음. 사실, 용들의 관점도 비슷해."

크리켓이 말했다.

"하지만 초토화는 **수천 년** 전 아니었어?"

루나가 물었다.

"어쩌면 그동안 인간들은 계속 이 밑에 살았을지도 몰라. 이게 인간 일부가 살아남은 방식일지도 모르지. 동굴에 숨고 지하에서 살아가는 방법으로."

크리켓이 말했다.

"이게 누군지 궁금하다."

루나가 벽 한 공간에 온전히 혼자 있는 작은 인간을 가리키며 말했다. 다른 인간들은 거리를 두고 그를 빙 둘러 원을 만들고 있었다. 그는 다른 인간들보다 약간 컸고, 머리에 빛나는 후광이 그려져 있었으며, 그들이 걸어가는 땅굴 저쪽 끝을 가리키고 있었다.

조금 더 가자 다시 그가 보였다. 파도 위의 작은 초승달 모양 배에 홀로 서 있는 모습이었다. 수많은 인간들이 그를 뒤따르고 있었다. 각각의 초승달 배에 열 명씩 채워진 모습이었다. 이번 인물에는 후광이 없었지만 루나는 둘이 같은 인물이라는 걸 알 수 있었다. 두 그림 다 그가 초록색 상자를 들고 두꺼운 검은색 장갑을 끼고 있었기 때문이다. 최소한 루나가 보기에는 그랬다. 그게 아니면, 그에게 거대한 앞발이 있는 셈이었다.

크리켓은 벽을 따라 빠르게 달려가며 중얼거렸다.

"바다를 건너는 거야. 판탈라로 오고 있어. 그리고 이쪽을 봐. 인간들이 다시 육지에 이르러 동굴로 들어가고 있어."

크리켓이 잠시 멈추어 가볍게 그림을 만져 보더니, 돌아서서 걱정스러운 눈으로 루나를 보았다.

"이 동굴 주변으로 식물이 엄청나게 많이 그려진 것 같지 않아?"

정말이지 잎이 무성해 보였다. 동굴 주변과, 입구로 들어가는 영웅을 따르는 인간들의 발치에 덩굴이 휘감겨 있었다. 잎과 덩굴에는 빨간색과 초록색 줄무늬가 들어가 있고 근처에는 작고 흰 꽃이 흩뿌려져 있었다.

루나가 고개를 끄덕였다.

"저 한 가지 식물이 아주 많네."

루나가 천천히 말했다.

"저건 그냥 식물이 아니야. 저게 분명히 악의 숨결일 거야."

크리켓이 길게 숨을 내쉬었다.

"루나! 불 용이에요! 루나!"

작은 목소리가 등 뒤 땅굴에서 소리쳤다.

"나 여기 있어!"

루나는 더스키의 목소리를 알아듣고 솟구치는 경계심을 느꼈다. 루나는 벽화가 그려진 땅굴을 되돌아 달려갔다.

"더스키! 거기 가만히 있어. 내가 갈게!"

"루나!"

더스키가 다시 비명을 질렀다.

루나는 아치 너머로 날아가 모퉁이를 돌아서 첫 번째 땅굴로 접어들었다.

더스키의 불꽃비단실 발찌가 눈에 들어왔다. 발찌는 어두운 통로에서 따뜻하게 빛나며 멀어지고 있었다.

그때, 루나는 더스키를 잡은 인간을 보았다.

더스키도 보았다. 작은 앞발이 옆구리에 딱 붙들린 채 더스키는 두껍게 뒤얽힌 그물에 갇혀 있었다.

루나와 더스키 사이에 서 있던 다른 인간은 날카롭고 빛나는 칼과 횃불을 들고 있었다.

인간은 둘 다 털북숭이 짐승은 아니었다. 하지만 렌이나 악솔로틀도 아니었다. 이 인간들은 나름의 방식으로 뾰족뾰족하고 위험해 보였다. 가까이 있는 인간은 짧고 곧은 머리카락에 검은 깃털을 엮어 넣은 가죽으로 몸을 감싸고 있었다. 얼굴은 렌보다 야위고 날카로웠으며 코 옆에서 아주 작은 에메랄드가 반짝였다.

그녀가 짝에게 뭔가 소리치자 짝은 그물 속 더스키를 두 팔로 더 단단히 끌어안고 도망치기 시작했다.

"안 돼! 뭘 *하는* 거야? 그만해! 렌! 렌, 도와줘!"

루나가 소리쳤다.

루나는 전속력으로 그들에게 달려갔지만, 깃털 인간이 불길에 휩싸인 횃불을 내던지고 다른 인간을 따라 달려갔다.

인간들은 사라졌다. 더스키를 데리고.

~12~

"렌!"

루나는 방금 몸을 욱여넣으며 지나온 틈새로 앞발을 뻗으며 다시 소리쳤다.

"도와줘! 여기 인간들이 있어. 인간들이 더스키를 데려갔어!"

루나는 타오르는 횃불을 옆으로 걷어찼다. 발에 느껴지는 통증에 움찔했다.

주변에서 일어나는 두려움의 아지랑이 속에서 루나는 타우가 "더스키가 *보기만* 하겠다고 약속했어! 루나, 너무 미안해! 놈들이 난데없이 나타났어!"와 비슷한 말을 외치는 걸 들었다. 불프로그는 "너무 작아! 지나갈 수 없어!"라고 툴툴댔고, 브라이오니는 "그럼 *비켜*, 이 덩치만 크고 멍청한 악어야!"라고 소리쳤으며, 스카이는 "렌, 꿈도 꾸지 마! 렌, 그만해, 안전하지 않아!"라고 외쳤다.

그때, 렌이 루나가 있는 통로에 나타났다. 렌은 루나의 표정을 보더니 돌을 따라 여전히 메아리치는 더스키의 비명 쪽으로 달려갔다. 루나도 렌과 함께 달렸다.

등 뒤에서 크리켓의 발소리가 들리는 것 같았다. 어쩌면 브라이오니일지도 몰랐다. 하지만 돌아보지 않았다. 오직 더스키의 발찌에서 빛나는 점점 더 멀어지는 빛을 향해 앞만 보았다.

루나는 더 빨리 달릴 수 있었으면 좋겠다고 생각했지만, 세번째로 종유석에 부딪혔을 때는 억지로 속도를 줄여 앞쪽 통로를 살폈다. 뛰다가 기절하면 더스키에게 아무 도움도 못 줄테니까.

"그 인간들이 뭐라고 했어? 왜 더스키를 데려간 거야?"

렌이 달려가며 물었다.

"전혀 모르겠어! *에르플레치프끽끽*이라고 말하더니 더스키한테 그물을 던지고 도망쳤어!"

루나가 소리쳤다.

"에르플레…… 치프……."

렌이 중얼거렸다.

"말 그대로 그렇게 말했다는 게 아니라! 모르겠어, 나한텐 그냥 끽끽대는 소리로 들렸어. 미안해!"

루나가 끼어들었다.

"그중 한 명이 *심연*이라고 말했던 것 같아."

크리켓이 등 뒤에서 헐떡였다. 루나는 이 벌집날개가 일행이 쉬는 동안 악솔로틀, 렌, 스카이와 함께 인간어를 공부해 왔다는 걸 떠올렸다. 루나는 너무 피곤해 관심을 기울이지 못했다. 관심을 *기울였어야* 했는데. 그랬다면 최소한 '심연'이라는 단어는 배울 수 있었을 텐데! 아니, 어쩌면 "그만해!"라거나 "감히 그 새끼 용을 데려가지 마!"라거나 "네가 그 새끼 용을 해치면, 널 먹기 위해서라도 채식을 포기하겠어!" 같은 실제로 쓸모 있는 말을 배웠을 텐데.

"큰 용이 바로 근처에 있는데 새끼 용을 잡아갔다는 게 이상해. 그 용들이 너를 더스키의 엄마라고 생각했다면 네가 자기들을 따라와서 잡아먹으려 들 거라는 걸 알았을 거야. 그러니까 똑똑한 인간이라면 더스키를 버렸겠지. 그래야 탈출할 가능성이 높아지니까. 그러니까 이건…… 그냥 이상하다고."

렌이 헐떡이며 말했다.

땅굴이 지그재그로 이어졌고, 인간들은 계속해서 다른 갈

림길로 방향을 틀었다. 몇 번은 오솔길이 갈라지는 곳에서 더스키의 빛이 사라졌지만, 곧 다시 나타났다.

"인간들이 이 동굴을 잘 안다면 지금쯤 우리를 따돌렸을 거야."

렌은 잠시 멈춰 벽을 손으로 짚고 옆구리를 부여잡으며 지적했다.

"미안…… 아야…… 따라갈게."

"내가 널 태우고 갈게. 놈들을 잡으면, 놈들과 이야기하기 위해서라도 네가 필요해."

루나가 렌 옆에 웅크렸다.

렌은 대꾸 없이 루나의 등에 올라탔다. 그들은 다시 달리기 시작했다.

땅은 계속해서 아래로 기울어졌고, 모퉁이를 돌 때마다 일행은 점점 더 깊은 땅속으로 들어갔다. 루나는 잠시 다른 용들에게 다시 돌아갈 수 있을지 고민했다. 렌을 데리고 이 지하의 미로에서 길을 잃기라도 하면 스카이가 루나를 죽일 터였다.

갑자기 앞쪽에서 희미한 초록색 불빛이 보였다……. 멀찍이 속삭임도 들리는 듯했다. 달리는 발소리 때문에 잘 들리지 않았지만, 가까이 다가갈수록 빛은 더 밝아졌다. 마침내 루나는 무덤 같이 소리가 울리는 동굴로 들어갔고, 바위가 흩어진 고원 위에 서 있는 자신을 발견했다.

고원은 지구 중심부의 톱니 모양 틈을 내려다보고 있었다. 칼에 찔린 상처 같은 그 틈새는 보는 것만으로도 눈이 아플 만큼 아래로, 아래로, 아래로 깊숙이 내려간 곳에 있었다.

심연이었다.

심연을 찾았다.

루나는 의심하지 않았다. 온 세상에 이보다 더 깊고 소름 끼치는 곳이 있을 리 없었다. 누군가 "아, *이게* 저것보다 훨씬 심연 같은데."라고 말할 만한 다른 곳이 있을 리 없었다. 이곳이 예언이 가리키는 곳이었다. 여러 세대에 걸쳐 꾸어 온 용들의 악몽으로 조각된 곳.

그리고 인간들은 그곳에, 심연의 가장자리에 더스키와 함께 서 있었다. 루나가 그들을 발견한 순간, 깃털 달린 인간이 새끼 용 옆에 웅크리고 앉아 칼로 그물을 가르고 있었다.

"해치지 마!"

루나가 쭉 미끄러져 멈춰 서며 소리쳤다.

칼을 든 인간이 루나를 보더니 다른 인간에게 뭐라 소리쳤다. 상대는 고개를 저었다.

"도망치라고 말했어. 그런데 남자 인간이 여자를 떠나지 않

겠다고 했어. 루나, 더스키는 미끼였던 것 같아. 이건 함정이
야."

렌이 루나에게 중얼거렸다.

루나는 휙휙 주위를 둘러보았지만 근처에 다른 인간은 없었
다. 심연에서 나오는 빛과 루나의 불꽃비단실에서 나오는 빛
이 고원을 비추었다. 다른 인간은 없었다. 털북숭이 짐승도,
루나를 함정에 가둘 것처럼 보이는 숨겨진 그물도. 아무것도
없었다.

크리켓과 브라이오니가 루나 뒤에 있다 해도 아직 루나를
따라잡지는 못했다.

"상관없어. 우린 더스키를 되찾아야 해."

루나가 말했다.

최악의 일이 벌어져서 더스키가 떨어질 경우 더스키에겐 날
개가 없었기에, 더스키가 그 끔찍한 구멍에 그토록 가까이 있
다는 사실이 루나를 몹시 불안하게 만들었다.

렌이 루나의 등에서 미끄러져 내려와 인간들에게 다가갔다.
렌은 손바닥을 바깥으로 해 두 손을 내밀고 인간어로 소리쳤
다. 두 인간 모두 얼어붙어 렌을 빤히 보았다.

"자, 해 보자. 루나, 최대한 사나운 표정을 지어. 말로 설득
해 보려고 노력은 하겠지만, 네가 좀 더 위협적으로 보인다면

도움이 될 거야."

렌이 한숨을 쉬며 말했다.

렌은 인간들에게 한 걸음 더 다가가며 다른 말을 했다. 검은 깃털의 인간이 대답했다.

사납고 무서운 표정.

루나는 덩치가 커 보이기를 기대하며 날개를 부풀리고 인상을 썼다. 어쨌든 **루나는** 인상 쓰는 용들이 항상 무섭다고 느꼈다. 또 뭘 할 수 있을까?

아, 그렇지. 내 무시무시한 초능력이 있었지.

인간들이 발끈한 목소리로 몇 마디를 더 주고받는 동안 루나는 연기가 나는 활활 비단실이 발바닥으로 흘러내게 했다. 비단실은 둥글게 말렸다. 루나는 발톱을 오므려 불을 잡았다. 한 번도 불꽃비단실을 던져 본 적은 없었지만, 위협적으로 들고 있는 것만으로 충분할 수도 있다.

깃털 인간이 고원을 둘러보더니 뭔가 소리쳤다. 그녀의 짝이 고개를 저으며 조용하고 슬픈 목소리로 대답했다.

"무슨 일이야? 왜 더스키를 돌려주지 않는 거야?"

루나가 렌에게 물었다.

"누군가를 기다리고 있어. '심연의 수호자'라는데, 방금 저 녀석이 외친 소리로 봐서는 이름이 볼인가 봐. 저 여자 이름

273

은 레이븐 같아. 레이븐 말로는, 수호자가 심연으로 용 한 마리를 데려오라고 했대. 심연이 수호자를 통해서 말한 걸 수도 있고."

렌이 말했다.

렌은 다른 인간들의 대화를 잠시 들었다.

"수호자는 늘 여기에 있나 봐. 수호자가 없다니 소름 끼친대. 한 번도 수호자가 여길 떠난 적이 없대. 떠날 수 있는지도 몰랐대."

루나는 북극 거미가 까치발을 딛고 척추를 따라 기어 내려가는 듯한 끔찍한 한기를 느꼈다.

"심연이 저 인간들에게 말을 한다고? 심연이…… 뭔가를 요구해? 쟤들은 저 아래에 뭐가 있는지 알아?"

렌이 인간들에게 물었고, 깃털이 없는 인간이 그 말에 대답했다.

"쟤들도 몰라. 심연에 들어갈 수 있는 건 수호자뿐이래. 방법은 잘 모르겠어. 하지만 저 인간들은 수호자를 통해서 지시를 받아."

렌이 루나에게 전달했다. 그러고는 고개를 저었다.

"내 생각엔 완전히 누가 만든 사이비 종교 같지만, 예언에도 나오니 저 아래에 진짜로 뭔가가 있을지도 모르겠어."

악의 숨결. 다른정신의 근원. 틀림없잖아, 안 그래?

루나는 생각했다.

"어쨌든 심연에 더스키를 내줄 수는 없어. 쟤들한테도 안 된다고 말해. 더스키를 돌려주지 않으면 **지금 당장** 내가 쟤들한테 불을 붙일 거라고 해."

루나가 단호하게 말했다.

렌은 허리춤에 두 손을 얹었다. 렌이 인간어로 한 말이 무슨 뜻인지는 몰라도 루나가 듣기에는 매우 위압적이었다.

레이븐과 다른 인간은 오랫동안 서로를 보았다. 곧 레이븐이 한숨을 쉬며 무릎을 꿇더니 더스키의 나머지 그물을 잘랐다.

"루나!"

주둥이가 자유로워지자 더스키가 소리쳤다. 인간들이 물러나자 녀석은 꿈틀거리며 밧줄에서 벗어나 고원을 빠르게 가로질러 루나에게 왔다.

"더스키! 괜찮아. 우리가 왔어."

루나가 안심해서 소리쳤다.

루나는 둥글게 뭉친 불꽃비단실을 내려놓고 앞으로 나섰다. 더스키를 안으려고 앞발을 내민 채.

하지만 더스키가 아직 루나에게서 몇 발짝 떨어진 곳에 있을 때 천장에서 뭔가가 떨어졌다. 머리 위 종유석 사이에 숨어서, 악랄한 식육 곤충처럼 덤벼들 순간만을 기다렸다는 듯이. 털이 많고 다리가 긴 무언가가 떨어지면서 거의 스캐럽 부인의 무기만큼 고약한 악취를 풍겼다.

심연의 수호자가 더스키에게 내려앉아 새끼 용을 납작하게 쓰러뜨렸다. 그가 작은 비단날개 더스키의 가느다란 앞다리를 잡고 옆으로 빠르게 내달렸다. 루나의 머리가 아직 '악, 하늘에서 소름 끼치는 것이 떨어진다!' 하는 비명을 지르는 동안에 놈은 루나에게서 멀어졌다.

아무도 눈을 깜빡이거나 비명을 지르거나 움직이지도 않은 짧은 순간, 무시무시한 인간은 날개 없는 새끼 용과 함께 심연으로 몸을 던졌다.

체체 벌집

타영블레 호수

비니거룬
벌집

호넷 벌집

시케이다 벌집

만티스
벌집

독 정글

옐로재킷
벌집

와스프
벌집

2장
깊은 곳에 묻힌
비밀

블러드웜
벌집

~13~

"더스키!"

루나가 비명을 질렀다.

안 돼, 안 돼, 안 돼, 안 돼, 안 돼.

이럴 리가 없다. 작은 용이 그냥 저런 식으로 *사라질 수는* 없었다. 심연이 *더스키를 차지할 수는 없었다.*

루나는 멈춰서 생각하지 않았다. 가장자리로 달려가 그들을 따라 몸을 던졌다.

내가 잡을 수 있어. 둘이 밑바닥에 부딪히기 전에 내가 더스키를 구할 수 있어. 내가 더스키를 되찾을 수 있어.

추락하는 수호자의 작고 검은 윤곽이 아래쪽으로 보였다.

그 윤곽선을 이상한 빛이 감싸고 있었다. 루나 뒤에서 렌의 고함이 들렸다. 그러나 루나는 인간이 하는 말을 하나도 알아들을 수 없었다.

루나는 곤두박질치며 생각했다.

나도 필요할 때는 위험 속으로 날아들 수 있는 용인가 봐. 확신이 없었는데. 나한테 그럴 겨를도 주지 않고 소드테일이 늘 대신해 줬으니까.

부디 무사해야 해. 더스키.

아래쪽에서 팔다리를 마구 휘두르는 막대 같은 형상은 여전히 멀게 보였고, 추락은 끝이 없는 것 같았다. 루나는 더 빨리 내려가려고 날갯짓을 시도해 보았지만 도움이 되지 않았다.

수호자가 왜 이런 짓을 할까? 왜 더스키를 데려간 걸까?

심연이 새끼 용에게서 뭘 바라는 거지?

빛이 점점 더 밝아졌다. 눈이 부실 정도로 밝았다. 갑자기 인간과 더스키가 보이지 않았다. 그들은 초록색 빛에 삼켜졌다. 그 빛이 루나의 시야를 가득 채우며, 모든 것을 삼키고 눈을 멀게 하는 으스스한 여러 겹의 아른거리는 빛이 되었다. 루나는 얼마나 더 떨어져야 하는지 알 수 없다가……

……갑자기 그곳에 와 있었다.

루나는 심연의 바닥을 뒤덮은 덩굴 늪에 내려앉지 않기 위해 마지막 순간에 방향을 틀어야 했다. 덩굴은 화가 난 뱀장어처럼 두껍게 서로 얽혀 있었다. 엉킨 것 전체가 용 몇 마리의 깊이는 될 것 같았다.

형광빛이 잎사귀에서, 사방의 벽을 뒤덮은 축축한 이끼에서 나왔다. 루나가 뿔에 두른 빛 비단실이 없어도 될 만큼 밝았다. 하지만 루나는 비단실의 따뜻한 황금빛이 있어 다행이라고 느꼈다.

더스키나 비열한 인간의 모습은 보이지 않았다.

"더스키! 더스키!"

루나가 소리쳤다.

덩굴이 추락의 충격을 흡수해 주었을지도 모른다. 하지만 지금 더스키는 어디에 있을까? 어떻게 이렇게 빨리 사라질 수 있을까?

잠깐…… 저기! 뒤엉킨 중에 일부 뭉개져 보이는 곳이 있었다. 더스키와 수호자가 내려앉은 곳이 틀림없었다. 루나는 최대한 가까이 떠가서 그 자리를 바라보았다. 덩굴에 내려앉거나 덩굴을 건드리고 싶지는 않았다. 긴 덩굴손이 루나의 발목을 감고, 루나를 끌어들여 뼈 곤죽으로 만드는 장면이 너무 쉽게 상상됐다.

루나는 이게 악의 숨결이라고 확신했다. 악의 숨결을 실제로 본 적은 없었지만, 이 덩굴은 동굴 벽화 속 식물과 비슷했으며 크리켓과 썬듀가 묘사한 모습과도 비슷했다.

"루나!"

더스키의 비명이 들렸다.

루나는 휙 돌아보았다. 눈을 가늘게 뜨니 덩굴에 가로지른 흔적이 보였다. 전속력으로 달려가는 작은 생명체가 겁 없는 다람쥐처럼 덩굴을 이곳 저곳으로 뛰어오르면서 만든 오솔길이었다. 도와달라는 더스키의 비명이 들려오는 방향이었다.

루나는 덩굴 위를 빠르게 날며 심연의 휘어진 부분을 휙 돌았다. 심연의 수호자는 루나가 잡을 수 없을 만큼 빠르게 떨어질 수 있었을지 몰라도 루나의 날개보다 빠를 수는 없었다. 새끼 용을 데리고 있으니 더더욱.

그러나 알고 보니, 그는 멀리 도망칠 필요가 없었다. 덩굴의 흔적은 심연의 동굴로 이어졌다. 아니, 덩굴이 그 구멍에서 폭발해 나와 양방향으로 우글거리며 퍼져 나가는 형태였다. 동굴 입구는 식물로 가득했지만, 꼭대기에 작은 틈새가 있었다. 작은 용이—아니, 인간 하나와 작은 용 한 마리가— 들어갈 수 있을 만한 크기였다.

루나는 숨을 참고 구멍 쪽으로 몸을 날렸다. 미끄러지듯 날아가는 날개와 앞발이 덩굴에 스쳤다. 루나는 덩굴손이 떨리는 것을 느꼈다. 독을 품은 백만 마리의 말벌이 신이 나서 깨어나는 것 같았다.

구멍 안쪽에는 방이 있었다.

그러니까, 여전히 동굴 같았지만―돌로 된 벽이 있고 차갑고 어두웠으니까― 크기와 모양이 알현실 같았다. 정사각형이고, 네 개의 똑같은 기둥과 **모퉁이**가 있고, 가장 중요한 건 안쪽 끝 완벽하게 매끄럽고 평평한 벽에 왕좌가 있다는 점이었다.

덩굴은 왕좌 위의 무언가에서 나왔다.

루나는 본능적으로 그 장면을 머릿속에서 그림으로 만들어 보려 했다. 늘 그렇게 했으니까. 하지만 그럴 수 없었다. 알아낼 수가…… 뇌로 하여금 눈에 보이는 것을 이해하게 할 수가 없었다.

처음으로 든 생각은 '*이거, 정말 심란한 태피스트리가 되겠는걸*'이었다.

루나의 정신은 그것을 태피스트리로 보기를 간절히 **원했다**. 진짜가 아닌 그림으로, 진짜 루나의 눈앞에 있는 무언가가 아닌 것으로.

루나는 식물이 있을 거라고 예상했다. 그래, 식물이 있는 건 맞았다. 기둥처럼 굵은 줄기가 왕좌 아래에서 솟아올라 받

침대를 휘감았다.

왕좌에는 한 남자가 있었다.

그의 무릎에 앉아 있는 건, 인간의 손에 끼워진 두꺼운 검은 장갑 사이에 잡혀 있는 건 새끼 용이었다.

끔찍하게도 순간 루나는 그 용이 더스키라고 생각했다. 하지만 가까이 다가가자 루나의 빛이 초록색과 주황색 비늘에 반사되었다. 이 새끼 용에게는 날개가 있었다.

살아 있을 리도 없었다. 식물이 **용의 머리를 그대로 관통해서** 자라 나와, 정수리의 갈라진 틈을 끔찍하게 통과해 곧바로 인간의 두개골로 이어졌다. 인간의 머리 뒤에서 덩굴은 둘로 갈라져 오셀롯의 머리카락을 패러디하듯, 폭발하는 촉수처럼 바깥쪽으로 쏟아져 내렸다. 그중 일부는 동굴 입구로 우글우글 향하는 반면, 다른 덩굴 수백 가닥은 벽을 기어올라 위쪽 틈새로 사라졌다.

"무슨……."

루나가 숨죽여 말했다.

왕좌 발치 쪽을 뒤덮은 덩굴 위에서 털북숭이 형체가 몸을 비틀어 루나를 노려보고 있었다. 더스키가 그 인간의 품에서 칭얼거리며 발버둥 쳤다.

"더스키."

루나가 앞으로 나서며 말했다.

"물러나."

어떤 목소리가 용의 언어로 말했다. 그 목소리는 수호자의 입에서 나왔지만, 일행이 섬에서 공격당했을 때 만났던 통제 당한 비단날개의 목소리와 같았다.

루나는 얼어붙었다.

나한테 말을 거는 게 누구지? 다른정신?

"누구야?"

루나가 물었다.

루나는 새끼 용, 인간, 식물이 한데 합쳐진 기괴한 왕좌에 시선을 고정했다. 그들의 멍한 눈이 루나에게 붙박인 것처럼 보였다. 인간도 용도 눈알에 흰 막이 끼어 있었다. 그 위를 이 끼의 아른거리는 초록빛이 뒤덮고 있었다.

하지만 저들이 아직 살아 있을 리는 **없었다. 절대 그럴 리가 없었다.**

"나는 이 세상의 제왕이다."

그 존재가 말했다.

"절대 아니야. 아무도 네가 존재한다는 것조차 모르는데, 어떻게 네가 제왕일 수 있어?"

루나가 말했다.

식식대는 소리가 방 안을 가득 채웠다. 왕좌와 흔들리는 식물과 심연의 수호자 모두에게서 동시에 나오는 소리였다.

"알게 **될** 것이다. 모두가 곧 알게 될 것이다. 나는 모든 것의 통치자다. 모든 것이 내 것이다, 모든……."

목소리가 말했다.

"그래, 넌 제정신이 아니고 불길해. 알았다고. 근데 지금 말하는 건 누구야? *저건* 뭐고?"

루나가 말을 끊었다.

"저 작은 용은 어떻게 된 거야?"

루나가 왕좌를 가리켰다.

심장이 한 번, 두 번, 세 번 뛸 동안 상대는 불쾌감을 느낀 듯 침묵했다. 그러더니 부스럭거리는 소리와 함께 마침내 대답했다.

"너를 덩굴에 넘기면, 우리가 모든 이야기를 보여 주겠다."

"하. 싫어. 고민도 안 돼. 절대 네가 내 정신을 차지하게 두진 않을 거야."

루나가 말했다.

"이젠 피할 수 없는 일이다. 네가 이 방에 들어온 순간부터. 결국 네 날개는 지칠 테고, 너는 피로감에 공중에서 떨어질 것이다. 그러면 내 덩굴들이 너를 차지하겠지."

목소리가 침착하게 말했다.

루나가 코웃음 쳤다.

"*하,* 난 언제든 떠날……."

루나는 동굴 입구를 돌아보았다.

입구는 덩굴로 완전히 막혀 있었다.

루나는 출구를 막은 덩굴로 빠르게 날아갔다. 덩굴 하나를 잡아 뜯으려 했지만, 가장자리를 따라 아슬아슬하게 곤두서 있는 악랄한 가시를 보고는 앞발을 뒤로 뺐다. 그 가시에 긁히면 즉시 다른정신에게 넘어가는 걸까? 아니면, 끈적끈적한 수액이나…… 삐죽빼죽한 잎사귀를 만지면 그렇게 되는 걸까? 어떻게 되는 거지? 식물의 뿌리, 근원에 가까운 이곳이 더 위험한 걸까?

"어떻게 한 거야? 덩굴을 움직이려면 잎말을 할 줄 아는 용이 필요한 줄 알았는데."

루나가 물었다.

"아, 그런 용이 한 마리 있다."

루나의 시선이 왕좌의 수수께끼 새끼 용에게 향했다. 잎날개였을까? 하지만 주황색 비늘은…… 그건 지금까지 루나가 본 어느 부족과도 달랐다.

"불행히도 리저드는 이제 우리가 하고 싶은 일을 모두 할 만큼 강하지 않다. 이 녀석의 입말은 이곳 심연의 덩굴에는 작용하지만 저 위의 세상까지는 아니지. 이 멍청이가 내게 **썬 듀**를 데려왔어야 하는 이유가 그거다."

목소리가 갑자기 쩌렁쩌렁해졌다.

왕좌 발치에서 수호자가 웅크리며 이빨을 드러냈다. 그가 인간어로 뭐라 애처로운 소리를 내며 가엾은 꼬마 더스키를 흔들었다.

"그건 절대 내가 원했던 용이 아니⋯⋯."

갑자기 목소리가 끊겼다. 목니 졸린 듯 이상한 소리가 나더니, 부드럽고 속삭이는 목소리로 변했다.

"하지만 내가 원하는 용이야."

덩굴 몇 가닥이 호기심 많은 뱀처럼 더스키를 향해 미끄러져 갔다. 수호자가 한 발짝 물러나며 다른 무언가에 이빨을 드러냈다.

아까의 억양으로 돌아간 목소리가 말했다.

"한심하군. 너도 내게는 별 소용이 없다, 비단날개. 하지만 재미 삼아 널 데리고 있어야겠다. 썬듀가 널 찾으러 올지도 모르니까. 그러면 편할 거다."

"난 네가 두렵지 않아."

루나가 말했다. 루나는 앞발목을 위로 틀며 사방의 덩굴을 가리켰다.

"나는 불꽃비단실이야. 난 그냥 여길 불태우고 나가면 돼."

이게 내가 불꽃비단실인 이유인지도 몰라. 태양 비단실을 이용해서 이 모든 덩굴을 잿더미로 만들어야 할까? 어쩌면 처음부터 이게 나한테 정해진 결말인지도 몰라.

"아아아아. 아아, 안 되지. 아니, 그러지 마라. 그것만은 하지 마."

목소리가 신난다는 듯 말했다.

루나는 망설였다. 왜 저렇게 기분 좋은 목소리지?

"그건 그야말로 **끔찍한** 일이 될 거다. 이 **악마 같은 괴물아**."

목소리가 말했다.

잠깐…… 그건…… 악의 숨결을 태우면 으르렁 강에서 비단날개와 잎날개 들을 홀린 것과 같은 연기가 나오기 때문이야. 연기에 독이 있을 거야. 연기가 곧장 내 머릿속으로 들어갈 테고, 내가 너무 많은 걸 태워 버리면 연기가 솟아올라 다른 용들에게까지 미칠 거야.

루나는 앞발을 맞잡았다. 갑자기 겁이 났다.

"크리켓! 렌! 브라이오니!"

루나는 막힌 출구를 향해 소리쳤다.

목소리가 킬킬거렸다.

"아, 그래. 제에에발 그 녀석들을 가까이 데려다 다오. 나는 그 모오오든 예쁘장한 용들과 함께 놀았으면 좋겠다. 원기 왕성한 인간도 좋고. 이 수호자는 *최악이야!*"

목소리가 다시 쩌렁쩌렁해졌다.

"다른 수호자를 데려오라고 요구했는데 아무도 듣지 않았다! 나의 숭배자들이 나를 배신했어!"

수호자가 비명을 지르며 더스키를 떨어뜨리더니 털북숭이 팔로 머리를 감쌌다.

더스키는 허둥지둥 그에게서 멀어져 바닥을 뒤덮은 덩굴을 빠르게 가로질렀다. 더스키는 루나 아래쪽에 멈춰, 마음이 무너질 듯한 표정으로 루나에게 앞발을 뻗었다.

"도와주세요!"

더스키가 울부짖었다.

루나는 더스키를 잡으려고 휙 날아내렸다.

하지만 루나의 발이 닿는 순간 덩굴이 치솟아 오르며, 루나의 앞발목과 뒷발목을 휘감았다. 더스키의 눈이 멍해졌다. 더스키가 루나를 자기 쪽으로 휙 끌어당겼고, 수많은 덩굴이 루나의 목과 꼬리, 날개를 잡으려고 솟아올랐다.

루나는 도와달라고 비명을 지르려 했으나 덩굴이 루나의 주둥이를 감아 고정했다.

루나는 거미줄 위의 곤충처럼 갇혀 버렸다. 거미가 루나의 정신에 독 아지랑이를 드리우고 있었다. 알현실의 모든 것이 희미해져 갔다.

〈불의 날개〉 원작소설 시리즈

〈불의 날개〉 그래픽 노블 시리즈

그래픽 노블 1
불의 날개와
예언의 시간

우리 꽤
멋진걸!

그래픽 노블 2
불의 날개와
잃어버린
후계자

그래픽 노블 3
불의 날개와
비밀의 왕국

그래픽 노블 4
불의 날개와
어둠의 비밀

그래픽 노블 5
불의 날개와
예언의 밤

불의 날개와 희망의 불꽃(상)

1판 1쇄 인쇄 | 2024. 11. 12.
1판 1쇄 발행 | 2024. 11. 26.

투이 T. 서덜랜드 지음 | 강동혁 옮김 | 정은규 그림

발행처 김영사 | **발행인** 박강휘
편집 김지아 | **디자인** 고윤이 | **마케팅** 이철주 | **홍보** 조은우 육소연
등록번호 제 406–2003–036호 | **등록일자** 1979. 5. 17.
주소 경기도 파주시 문발로 197(우10881)
전화 마케팅부 031–955–3100 | 편집부 031–955–3113~20 | 팩스 031–955–3111

값은 표지에 있습니다.
ISBN 978-89-349-2867-6

좋은 독자가 좋은 책을 만듭니다. 김영사는 독자 여러분의 의견에 항상 귀 기울이고 있습니다.
전자우편 book@gimmyoung.com | 홈페이지 www.gimmyoung.com